吉祥寺あやかし甘露絵巻
～白蛇さまと恋するショコラ～

灰ノ木朱風 Shufoo Hainoki

アルファポリス文庫

https://www.alphapolis.co.jp/

序章　見鬼《けんき》のパティシエールと全裸の男

一流の菓子職人《パティシエール》への道。それは早起きから始まる。

洋菓子店の朝はとにかく早い。覚えることの多い新米であればなおのこと。

砂糖や小麦粉の計量、大量の卵の殻割り、フルーツのカットに掃除から皿洗いまで。

華やかな店頭のショーケースとは打って変わって、単純で、地味で、重労働の作業の連続だ。

それでも玲奈《れな》は、この仕事が好きだった。

老舗《しにせ》パティスリーで修行して五年。独立してカフェを開いてからもうすぐ一年。

今はまだ、叶えるべき夢の途中だ。

――「スイーツでみんなを笑顔にしたい」という、大きな夢の。

◇◇◇

十月の朝五時。

目覚まし時計の電子音が古い和畳の部屋に響く。部屋の主、芦屋玲奈《あしやれな》は布団から腕だけを生やすとほとんど無意識のうちにそれを止めた。

今日もパティシエールとしての夢を叶えるため、眠りの淵から引き戻される。日の出前に起きるのも、もはや慣れっこのはずだった。

しかし普段ならば寝起きのいいはずの玲奈は、この朝なかなか布団から出てこようとしない。

それもそのはず、彼女は心地よい温もりに包まれていたのだから。

「ふへ……あったかぁい……」

大きくて、すべらかで、あたたかい何か。

遠い昔を思い起こさせる感覚に、ぴったりと肌を寄せる。なんだか無性に懐かしくて、心は安堵に包まれる。玲奈が無意識のうちに温もりを抱きしめると、それも優しく玲奈を抱き返した。

「もの欲しげな女だな。抱いてほしいのか？」

「うん……？」

聞き慣れない声が頭上に降ってきた。同時に何かが玲奈の顎を掴んで引き上げる。

脳裏に直接響く低い声に、玲奈はぼんやりと薄目を開けた。すると上向かせられた寝ぼけまなこに飛び込んできたのは、血のように赤いふたつの輝き。

「んんっ⁉」

途端に玲奈は飛び起きた。

十畳の和室の中央に敷かれている玲奈の和布団。今まさに彼女が飛び起きたその真横、新調したばかりの綿のシーツの上に、いるはずのない何かがいる。

涅槃仏《ねはんぶつ》のように肩肘をつき、さも当然のごとく堂々と隣に横たわっていたのは。

「良いぞ。特別に慈悲をくれてやろう」

黒髪の合間から真っ赤な瞳を爛々《らんらん》と光らせ、跳ねのけた羽毛の上掛けの下で白い躯《からだ》を惜しげもなく晒した——見ず知らずの全裸の男だった。

「◎■☆※#▲%ぎゃあああ誰ぇぇぇぇぇぇ⁉」

築八十年の古民家に、家主の悲鳴《れな》が響き渡った。

「五月蝿《うるさ》いやつだな。あまり興醒めさせるでない」

全裸の男は悠々とした寝姿のまま小指で耳をかっぽじると、その指にふうっと息を吹きかけた。

ほどよく筋肉がつき、彫像《ちょうぞう》のように均整の取れた身体は間違いなく男のもの。しかしいかにもやる気がなさそうに横たわるもの憂げな表情は、しっとりと妖艶で。

発光するかのような白い肌。濡れ羽の黒髪。鮮やかすぎる赤い瞳。

そのすべてがこの世のものとは思えぬ異様な美しさを放っていた。

「わーっ来るな寄るな変態！　痴漢《ちかん》！　不法侵入者！」

腰を抜かした玲奈は尻餅をついたままガサガサと畳の上を後ずさる。

「女、そもそも肉付きに難があるぞ。まな板の上の芋《いも》だってもう少し弾力があろうが？」

「ぜぜぜ全裸でひとの布団に入ってきて、ひとの身体をさんざん撫で回しておいてよりによって芋呼ばわり⁉　だいたいあなた誰なのよ！」

いくら美しかろうと、勝手に乙女の布団に上がり込んだ不埒者《ふらちもの》には変わりない。尻餅のまま部屋の壁際まで下がりきった玲奈が叫ぶと、男はゆらりと立ち上がり偉そうに仁王立ちしてみせた。全裸で。

「ふっ。汝《うぬ》ごとき端女《はしため》に名乗る真名《まな》などないわ。我が玉体《ぎょくたい》に触れ共寝を許されたこと、せいぜい光栄に思うが良い」

「寝てないーっ！　共寝してない！　誤解される言いかたしないでよ変態！　早く出てってってば！」

突如露わになった男の全貌に、玲奈は視線をやることもできず目をつぶってまくし立てた。

だが男は美しい裸体を隠そうともしない。部屋の隅、たんすと壁の隙間にまで玲奈を追い詰めると、片膝をついて彼女の寝起きの髪を一房掴み、己の口元へ引き寄せた。

「拗《す》ねているのか？　それとも後朝《きぬぎぬ》の歌でも詠めと？　ん？」

「ちょっとはひとの話を聞きなさいよ！」

「そもそも我を床に引き入れたのは汝《うぬ》であろうが」

「……え？」

玲奈は思わず閉じていた目を見開く。

見上げた面前で、男の鬼灯《ほおずき》のように真っ赤な炎《ひとみ》が妖《あや》しく揺らめいていた。

（私が、この全裸男を部屋へ上げた……？）

玲奈は必死に昨夜の自分の行動を思い出そうと頭をひねった。

ここ数日、都内では記録的な長雨が降り続いていた。

天気予報士泣かせの変則的な降りかたの雨で、同じく数日前まで雨雲のかかっていた西側では大規模な土砂災害があったと聞く。

雨脚が激しく軒を叩く音をよそに、玲奈は昨夜もいつも通り、キッチンの作業台の前に立っていた。

玲奈の自宅兼店舗であるこの屋敷は、築八十年とかなり古い。しかしステンレスの作業台やコンベクションオーブンが備えられたキッチンは、ぴかぴかに磨き上げられていていつでも明るい。

スマートフォンから流れるお気に入りアイドルグループのミックスリストをＢＧＭに、玲奈はパレットナイフを濡れ布巾で拭う。

そして集中のためふー、と一度息を吐いた。

丸い土台の上に、たっぷりとクリームを垂らす。ナイフの面の部分でクリームを慣らしながら回転台を手早く滑らせれば、クリームは踊るドレスの裾のように美しく均一に広がっていった。

それはパティシエの基本にして重要な技術のひとつ、「ナッペ」だ。

ケーキなど菓子の表面にクリームやジュレを均一に塗る作業で、美しさはもちろん、スピードも要求される。

ケーキの土台にナッペし、絞りでクリームをデコレーションする。玲奈はその日も閉店後に、同じ作業をくり返し練習していた。

と言っても、さすがに練習のたびに本物のスポンジと生クリームを使うわけにはいかないので、今は発泡スチロールの土台に食用油脂《ショートニング》をクリーム代わりに塗っているのだが。

「じゃーん。うふふ、かわいいでしょ？　この間雑貨屋さんで見かけたかぎ針編みのレースをイメージしてみたの」

本日何度目かの練習用デコレーションケーキが完成し、絞り袋片手に得意げに胸を張る。虚空に向かって話しかけると、誰もいないはずの空間にうすぼんやりとした光がいくつも浮かぶ。

ひよこほどの大きさの光達は、ケタケタと楽しそうに躯《からだ》を揺らして笑った。

自称・未来の一流パティシエール芦屋玲奈は、平安時代にその名を馳せた偉大な陰《おん》陽《みょうじ》師・芦屋道満《あしやどうまん》の子孫である。玲奈自身にも見鬼《けんき》の才があり、人ならぬ怪異、あやかしが視えるのだ。

通常、そこらを漂っている低位のあやかしは普通の人間には視ることができない。

彼の者らは現世《うつしよ》――玲奈達が暮らす現代社会――に干渉する力が弱く、せいぜい自身を小さな発光体のように見せるか物をカタカタ鳴らすくらいしかできないからだ。

巷《ちまた》で怪異現象と騒がれるもののほとんどはこういった低位あやかしの気まぐれか悪戯《いたずら》なのだが、世間ではあやかしという存在そのものが認知されていない。

「えーと。明日の仕込みは終わったでしょ。材料の発注も済ませたし……」

「玲奈さま。そろそろお休みになられるお時間ですよ」

玲奈の周りを漂っていた低位あやかし達の光が、ぴゃっ！　と一斉に散って消える。

キッチンと繋がっているカフェカウンターの小窓から玲奈に声をかけたのは、すらりと背の高い優男だった。

人間ならば二十代。身長は一八〇センチを超える長身で、流れ落ちる滝のごとき長い青髪に、整った目鼻立ち。どことなく怜悧《れいり》で涼やかな印象だ。

「右鬼《うき》！　もうそんな時間？」

あわてて時計を見上げると、時刻はすでに午前零時近かった。

明日もいつもと同じく五時起きなので、そろそろ床に就かねばならない。玲奈はあくびを噛み殺しつつ、作業台を片付け始める。

「そういえば、帳簿はつけ終わった？　今週の売り上げはどうだった？」

「いつも通り赤字です」

平然と答える右鬼の微笑に、玲奈はがくりと肩を落とした。

昨年、勤めていた老舗《しにせ》パティスリーのオーナーシェフが年齢を理由に店を閉じたのを機に、玲奈は一念発起してパティシエールとして独立した。

両親から受け継いだ自宅の古民家を改装して、和の趣《おもむき》あふれるレトロな空間で自慢のスイーツをたのしめる「カフェ 9-Letters《ナインレターズ》」としてオープンさせたのだ。

本来、洋菓子作りは十年でようやく一人前と言われる厳しい職人の世界である。十代の頃から修行に明け暮れ、オーナーから実力を買われていたとはいっても、二十四歳の玲奈はその理論に照らせばまだ半人前、道半ばというところだ。

それでもあえて独立開業に踏み切ったのには理由がある。

ちょうど同時期に、「こんな古い屋敷は取り壊してこの土地にマンションを建てましょう」と、不動産業者からしつこい営業を受けていたせいだった。

都内でも珍しい築八十年の古民家である玲奈の自宅には、昔からたくさんのあやかし達が棲んでいる。玲奈にとってあやかしは家族同然であり、彼らの居場所を奪うような取り引きに同意できるわけがない。

しかし業者の営業攻勢は日に日に悪質になり、しまいには右鬼が「あの男達、粉微《こなみ》塵《じん》にして埋めてもいいですか？」などと不穏なことを言い出す始末。

玲奈は悩みぬいた末、「だったらいっそのこと、古さを活かしたカフェにしてしまおう！」と思い立ったのだ。

おかげで業者をあきらめさせることができ、家を守ることはできたものの――商売は勢いで成り立つほど甘くはなかった。

「うう、来年の固定資産税払えるかな……頭が痛い……」

なにせここは東京武蔵野市《むさしのし》・吉祥寺《きちじょうじ》の中心地からほど近い。文化的な価値を除けば屋敷自体にはほとんど値はつかないものの、土地がやたらと広いのが問題だ。

不動産業者が目をつけるのもさもありなん、である。

頭を抱える玲奈を横目に、右鬼は慣れた手つきで店のシルバー類を磨いている。

「平安の昔より、民から搾り取れるだけ搾り取ろうというのが御上《おかみ》のやりかたです。道満さまもよく都の腐敗を嘆いておられました」

「ま、まあ納税は国民の義務だからしょうがないよ。芦屋道満――私のご先祖さまは、朝廷には仕えていないフリーランスの陰陽師だったんだっけ？」

「ええ。『陰陽術は政《まつりごと》の道具にあらず、広く民草《たみくさ》のために力を振るうべし』というのが道満さまの信条でしたので」

「おっ、なんだお嬢。俺達と歴代の芦屋家当主の活躍を聞きたいってか？」

「左鬼《さき》！」

いつの間にか右鬼の後ろから小窓を覗き込んでいたのはもうひとりの若い男だった。高く結われた赤髪に、快活で人懐こい笑み。背丈も顔の作りも右鬼と寸分違わず同じだが、纏う雰囲気は対象的だ。

「話すと長くなるぞ～。なにせ千年分あるからな」

「あはは……今度にしとく」

右鬼と左鬼。実はこのふたりはあやかしだ。平安時代に芦屋道満が自ら成敗し服従させたという双子の鬼で、千年近く芦屋一族に仕えている。

どちらも相当高位のあやかしらしいのに、今玲奈がさせていることと言ったらこの通り、カフェの手伝いである。お揃いのサロンエプロンで店頭に立つふたりをご先祖さま達が見たら卒倒してしまうかもしれない。

当の本人達は手慣れたもので、意外とこの状況を楽しんでいるのだが。

「お疲れさま。今日の作業はおしまい！」

ねぎらいの言葉をかけると、ふたりは下がっていった。玲奈もキッチンを出て、身につけていたコックコートを脱衣場の洗濯機に放り込む。

さて寝るか、と最後にもう一度キッチンに戻って消毒用のアルコールを作業台に吹きつけていると、何者かがキッチンの入り口からこちらを窺うのが目に入った。

丈足らずの絣《かすり》の着物を着た、おかっぱ頭の童女である。

「どうしたの？」

突然現れた怪しげな子供。白すぎる肌が印象的なその姿は、夜の闇にわずかに透けていた。しかし玲奈は特に驚くでもなく、親しげに話しかける。

この童女はいわゆる「座敷《ざしき》わらし」。この屋敷に暮らす多くのあやかしのうちのひとりだ。彼女が無言で廊下の奥を指差すので、玲奈もキッチンから顔を出してそちらを確認すると。

「あ～納戸《なんど》かぁ……。また誰かが悪戯《いたずら》してるの？」

童女は無言で頷いた。彼女が指し示していたのはキッチンの北、製菓材料や器具を収納している小部屋だった。

その位置は屋敷の北東。陰陽道では鬼が出入りするとされる方角、鬼門《きもん》である。

玲奈はトレードマークである緩めのお団子頭を掻くと、ため息をひとつついた。

納戸《なんど》にはこれまでも何度か低位あやかしが入り込んでいたことがある。大した悪戯《いたずら》はできないだろうが、とりあえず中を確認しなければなるまい。

「はい、これ。今日使ったタルト生地《パートシュクレ》のあまりだけど。教えてくれてありがとう」

玲奈は戸棚からシンプルな四角いクッキーを取り出して童女に渡す。座敷《ざしき》わらしは両手でそれを受け取ると、にっこり笑って闇に溶け、消えた。

「さて」

ふんすと鼻を鳴らし、玲奈は明かり代わりのスマートフォンを手に取った。もこもこルームウェアの袖をまくりつつ、やや大股で廊下に出て納戸《なんど》の前に立つと、古い板張りの床がぎぃと軋む音を立てた。

気まぐれな低位あやかし達を躾《しつ》けるには最初が肝心だ。思いっきり息を吸い込むと、勢いよく正面の引き戸を開けて電気をつける。

「コラーッ！　ひとの家に勝手に上がり込む悪いあやかしはいねがー……って、んんんん⁉」

なまはげ風の威勢のよいかけ声は、すぐさま驚きの叫びに変わった。

部屋の明るさに馴染んだ玲奈の目にまず飛び込んできたのは――納戸《なんど》の床に転がった、大量のガラス瓶。

「ちょ、ちょっとちょっと！　コアントローが……キルシュが！　カルヴァドスがぁあ⁉」

どれも製菓の香りづけなどに使うリキュールやスピリッツ、つまりは酒だ。

白熱灯の黄みがかった明かりに照らされた大瓶達は、どれも中身が空っぽの状態で乱雑に倒れている。すべて未開封だったはずだ。

「な、何これ、どういうこと⁉」

玲奈はとっさに床に這いつくばって、倒れた空き瓶を掻き集めた。これまでの低位あやかしの悪戯《いたずら》はせいぜい、食器をカタカタ鳴らすとか、よく見たらコーヒー用の角砂糖がひとつ減っているとか、かわいらしいものが関の山だった。

それがまさか、ストックの酒類を全部空けてしまうだなんて。

そもそもこの家には玲奈の父が施した強力な魔除けの結界が張られており、悪意を持つあやかしは外部から入ってこられないはずなのだ。

「えっ……もしかして、泥棒……？」

今さらあやかしではない第三者の侵入に思い当たり、空の酒瓶を抱えた玲奈は恐る恐る立ち上がった。

あやかしは何匹いようが怖くないが、人間の侵入者は怖い。陰陽師を父に持ち自身も見鬼《けんき》の目を持つ玲奈は、常人とは少し感覚がズレていた。

ぶに。

不意に、立ち上がった玲奈のもこもこルームシューズが何か柔らかい感触を捉えた。いや、正確には踏んだ。

「え？」

嫌な予感がして、がに股になりながら右足を持ち上げる。抱えた酒瓶越しに床を覗き込むと、なんとそこには。

「びゃぁぁあああ⁉」

体長五十センチほどの真っ白な蛇がひっくり返っていた。

――と、そこまで思い出して玲奈は意識を現在《いま》に引き戻す。

（そうそう。たしか昨日は納戸《なんど》で白蛇を拾ったんだ。右鬼と左鬼に見つかったら「ペット禁止！」って捨てられちゃうから、こっそり部屋に連れて戻ったんだよね。うちで飼うかどうかは別として、雨の中に放り出すのもかわいそうだと思って……）

外は今もざあざあ降りの雨が続いている。

「――で、どう思い出してもあんたみたいな変態男を布団に入れた覚えはないんだけど？」

白蛇は拾った。しかしこんなふてぶてしい男のことは知らない。

もはや恥じらいを捨て、玲奈は目の前の全裸の男を睨みつけた。

すると男は己の顎に手をやり、おどけたように首を傾げてみせる。

「ふうむ。ならば直接身体に聞いてやろう。芋女《いもおんな》、早くそのけったいなもこもこを脱げ」

「芋じゃ・な・い！　ちょ、ちょっとこれお気に入りなんだから引っ張らないでよ！」

まるでそこらに散歩に行くような気楽さで、男は玲奈のルームウェアの胸元に手をかける。芦屋玲奈二十四歳、絶体絶命の貞操《ていそう》の危機であった。

「右鬼ーっ！　左鬼ぃー！　早く来てーーっ！」

屋敷中に響き渡る大声で、先ほどから一向に現れない御守り役の名を呼ぶ。

「玲奈さま⁉」

「お嬢！」

するとようやく右鬼と左鬼がすぱんとふすまを開けて部屋に乗り込んできた。

「やっと来てくれた……！　右鬼、左鬼、この変態をどうにかして！」

玲奈は辛うじて壁際から逃れると、近い方の左鬼の足元にすがりついた。

「チッ。昨夜屋敷の結界が揺らいだから調べに出てみたら、まさかお嬢の部屋に忍びこむたぁな。一体どうやって九字《くじ》の結界を割ることなく入り込んだよ」

高く結った赤髪をひるがえし、左鬼が男を睨みつける。彼の正体は炎の気性を持つ「火垂《ひだり》の鬼」である。

だがその燃える髪よりなお赤く、相対する謎の男の真紅の瞳は凶悪に輝いた。

「ほう、鬼か……。そこそこの格のようだがこの女の式神か？　その割には芋女《こやつ》からまったく霊力が感じ取れぬのだがな」

男はゆらりと立ち上がる。すると双子の片割れの右鬼が、左鬼とその足元にしがみつく主を背にかばうように進み出た。

「我らは平安の昔に芦屋道満さまに降伏《ごうふく》され、以降千年に渡り芦屋家に仕えし対が鬼。芦屋の後裔《こうえい》たる玲奈さまに仇なす者は、容赦しないと知れ」

冷たく澄んだ霊気をまとう「水貴《みぎ》の鬼」、右鬼は堂々と言い放つ。

しかし、赤目の男は彼らの殺気に少しも臆することなく一笑に付した。

「ふっ、言いよる。ならば見せてみよ、容赦のないところとやらを」

男が自身の目にかかる黒髪を払いのけ、挑発的にずいと一歩、前へ踏み出す。

途端に場に緊張が走った。

今、男と双子の間には見えない霊力のせめぎ合いがある。しかし赤目の男は、その両者の境界をあまりにもあっさり踏み越えたのだ。

まるで、まったく意にも介さないとでも言わんばかりに。

事態はまさに一触即発だった。霊力の高い者ならば、今この場を取り巻く重苦しい霊圧に呼吸すらままならなかったに違いない。その力は現世《うつしょ》にもわずかに波及して、化粧台の上のプチプラコスメの小瓶達がカタカタと鳴った。

だがそんな中、いまいち状況の深刻さを理解していないのが玲奈だった。左鬼の足元にひっついて隠れたまま顔だけを覗かせ、前に立つ右鬼をけしかける。

「右鬼、やっちゃえ！　そいつ私の身体を撫で回した上に芋呼ばわりしたから！　容赦なくどうぞ！」

だが、右鬼は動かない。

過去に玲奈をナンパした見知らぬチャラ男を指一本で投げ飛ばし、並のあやかしなら片手で握り潰して滅するほどの力を持つはずの右鬼は動けずにいた。赤目の男が持つ、禍々しくも圧倒的な力の片鱗を前にして。

しばし重い沈黙が場を支配する。

「てめぇ、何が目的でここへ来た」

左鬼が吐き捨てるようにつぶやいた。

「ふむ……なんだったかな。とんと覚えておらん」

「おちょくってんのか……？」

主《れな》だけはなんとしても護らねばならない。双子の緊張を知ってか知らずか、赤目の男は余裕の態度を崩さない。腕を組み仁王立ちすると高らかに笑った。全裸で。

「ハハハハ！　良いだろう。久々に気分が良い、ふたりまとめて相手にしてや……」

「ひとん家《ち》で早朝から全裸で笑ってんじゃなぁあぁい！」

「玲奈さま⁉」

突如、玲奈が動いた。双子の影から飛び出すと、先ほどまで微睡《まどろ》んでいた羽毛布団を両手に掴んで赤目の男に飛びかかる。

「おのれ何をす○※□！　◎■☆▲％⁉」

「ハイッ、不審者確保ぉーっ！　右鬼、なんか縛るもの持ってきて！　左鬼は通報！一一〇《ケーサツ》番！」

「警察ってお嬢……。そいつ、あやかしだぞ？」

「……へ？」

羽毛布団の下でもごもごと暴れる男に跨がり押さえつけたまま、玲奈はきょとんとした顔で双子を見上げるのだった。

◇◇◇

「――つまり、なんでこの家にたどり着いたのかは自分でもよくわからないけど、気付いたら全裸で乙女の布団の中にいたっていうこと？」

玲奈《れな》の部屋を離れ、ここは同じ平屋の家の南側にあたる店舗《カフェ》部分。

家主の尋問に、隣に座る赤目の男――どうやらあやかしらしい――はちっとも真面目に答えようとせず、カップ麺をすすり続けていた。

「ずるずる……ん、左様《さよう》。まあ酒に失敗はつきものだからな……ずぞぞぞ」

ドリンクカウンターの丸椅子に玲奈と男が並んで座り、そのカウンターの内側には右鬼が、後方の客席側には左鬼が阿吽《あうん》の仁王像のごとき形相で立っている。

警戒の色を隠さない双子に前後を挟まれピリピリとしたムードが漂う中、当の謎のあやかし本人だけが、のんきにカップ麺をがっついている。

「あのー、一度麺すするのやめてもらってもいいかな」

「ん？　我のことは気にせず話を続けろ……ずずず」

「こっちが気にするっつってんだよ！」

「まあまあ左鬼、落ち着いて」

ほんの数十分前、禍々しい霊気で右鬼と左鬼を圧倒していたこの全裸のあやかし。

玲奈に羽毛布団で簀《す》巻きにされてからは恐ろしげな気配は引っこめたものの、今度はやれ食い物を寄越せ、酒はないのかなどと騒ぎ出すからたちが悪い。

そのくせ衣服にはまったく頓着せずに全裸のままウロウロしだしたので、仕方なく故人である父のたんすにしまわれていた男物の着物を着せてやったところである。

「昨日納戸《なんど》でひっくり返ってた白蛇があなただったの？　つまり、製菓用リキュールのストックを全部空にした犯人はあなただってことだよね？」

「聞こえんな……ぷはぁ」

堂々ととぼけるあたり、どうやら図星らしい。

昨夜この男が空けた酒瓶は十本近くに上る。金額にすればかなりの損害だ。

しかし玲奈は目の前で豪快に麺をすする男の姿に「いい食べっぷりだなぁ」と妙に感心してしまい、もはや怒る気が削がれていた。

右鬼と左鬼のひりつくような視線をまったく無視して、男は悠然とスープを飲み干しカップ麺を完食する。

「他に食い物はないのか？　次は甘いものがいい」

玲奈の父の形見である藍地の小紋《こもん》を着流した男は、まるで我が城のように優雅な態度でカウンターに片肘をついた。

艶のある黒髪、吊り上がった赤い瞳。だらしなく着崩した着物の胸元は磁器《じき》のように白く、妙な色気がある。

　黙っていれば絶世の美青年なのに、古風な口調とのギャップが玲奈にはどうにもユーモラスに映ってしまう。先ほどカップ麺にお湯を注いでやった時に「なんと奇天《きて》烈《れつ》な……」と赤い目を丸くしていたのは、今思い返してもちょっとおかしい。

　寝起きに鉢合わせた時の変態扱いはどこへやら。

　彼があやかしだと知った途端、玲奈の警戒心は早々に緩んでしまっていた。

　玲奈が思い出し笑いを噛み殺していると、男は子供のように口を尖らせた。空のカップ麺をこつこつと叩いて、おかわりの催促を始める。それがまたおかしくて、玲奈はついに噴き出してしまった。

「お嬢、甘やかさなくていいぞ。だいたい、あやかしに食事は必要ねーんだよ。こいつの言ってることはただのわがままだ」

　あやかしは元が精神生命体であるため、食事をせずとも生きられる。

　左鬼の言い分はもっともなのだが、パティシエールである玲奈は「甘いものを食べたい」と言われたら叶えてやりたくてうずうずしてしまう。

　それにこの男、食いっぷりからして食事自体がかなり久々のようだ。ほんの少しの同情心もあった。

「玲奈さま、どこの馬の骨とも知れぬ者の道楽につきあう必要はありません」

正面に立つ右鬼がぴしゃりと言い放つと、男はそれを鼻で笑った。

「ふっ。つまらぬ鬼どもだ。現世《うつしょ》とはおしなべて無駄なもの、取るに足らぬものの集まりであろう。要《い》るか不要《いらぬ》かだけで物事を判断するならば、この世のすべてが我にとっては無用の長物よ」

男の尊大な言いぐさに、右鬼と左鬼の霊気がざわりと揺らぐ。周囲をぽやぽやと漂っていた低位あやかし達が一斉に逃げ出したので、玲奈はふたりを「まあまあ」となだめた。

「私はこのあやかしくんが言いたいこと、なんとなくわかるよ。だって、ただ生きるためだけに食べるならこの世にスイーツは必要なくなっちゃうもん」

自分に言い聞かせるように、ぎゅっと胸の前で手を握る。

「でも、落ち込んでいる時に甘いものを食べたらちょっぴり元気になれるでしょ？好きなひとと一緒にケーキを食べたら、それがしあわせな思い出になる。スイーツって、そういうものだと思うから」

スイーツは腹を満たすためのものではない。心を満たすためのもの。それが玲奈のポリシーだ。

「ね？」と笑いかけると、双子の鬼は揃ってため息をついた。

彼らは玲奈のスイーツにかけるひたむきさを好ましいと思っている。彼女の心根がまっすぐで、魂まで美しく澄んでいることも。

　それゆえ、ふたりは彼女のお願いごとには弱い。

「話のわかる芋だ」

「芋じゃないって言ってるでしょ！」

すでにこの日何度目かわからない応酬を玲奈と男がくり広げていると、主の意向を汲んだ右鬼がキッチンの冷蔵庫から白い皿を取り出し戻ってきた。

　無言でカウンターの上に置かれたのは、一切れのチョコレートケーキ。

　早速男が手づかみで平らげようとすると、隣から玲奈の手が伸びて「ノン！」と皿ごと取り上げた。

「このケーキはあなたにあげる。でもその前に、あなたは私達に言うべきことがあるんじゃない？」

「……？」

　男は着物の袂《たもと》で腕を組んで、まじまじと玲奈を見た。

「礼が欲しいと？　……抱いてやろうか？」

「だっ、抱かれるわけないでしょ！」

　思わず丸椅子から尻が浮いてしまい、咳払いして座り直す。玲奈は男の目の前で人差し指を立てると、まるで犬を躾《しつ》けるように言い聞かせる。

「勝手にお酒を飲んじゃって『ごめんなさい』、それから『いただきます』だよ」

「我に頭《こうべ》を垂れよと言うのか？」

「ちゃんと言えない子にはおやつはあげませーん」

「ぐぬ……芋のごとき小娘が生意気な……」

歯噛みした男の背後で突然、黒いもやが立ち上った。

それは蛇のように長い影となって、小皿を持つ玲奈の右手に絡みつく。右鬼と左鬼がハッとして臨戦の構えを取ると――玲奈は少しもたじろぐことなく、平然と男の頭にチョップを食らわせた。

「ダメなものはダーメ！」

するとまるで叱られた仔犬のように、しゅるると影が引っ込んでゆく。男はしばらく難しい顔をして玲奈を睨みつけていたが、ついに観念して瞑目《めいもく》した。

「……蔵の酒を勝手に呑んだのは我が落ち度よ。……許せ」

「いただきますは？」

「……イタダキマス……」

「よくできました」と玲奈が褒めると、男はなぜか得意げにフフンとふんぞり返る。

その様子を、双子は複雑な心境で見ていた。

『左鬼、この自称白蛇のあやかしをどう思いますか？』

『どうもこうも、明らかにただ者じゃねえだろ。見た目は色男だが、相当力のあるあやかしなのは間違いない。……下手すれば俺達を凌ぐほどの』

ふたりは言葉を用いず、互いの思念を直接伝えあう念話で密談していた。

この赤目の男、飄々《ひょうひょう》とした老人のような言動と美しい容姿のギャップにだまされそうになるが、出会い頭の右鬼と左鬼をその眼力だけで圧倒したあやかしである。

彼の真名《まな》——つまり正体が何者であるかもわからない以上、玲奈のように気安く接するのはリスクでしかないのだ。

結果として躾《しつけ》に成功しているのは、芦屋道満の血筋が為せる技か。

「どうぞ、召し上がれ」

双子の懸念をよそに、玲奈は満面の笑顔で小皿をカウンターに置き直す。先ほどはよく確かめもせず食べようとしたそれを、男は今度はじいっと見つめた。

「なんだこれは。土塊《つちくれ》か？」

「失礼ね。ガトーショコラっていう食べ物だよ」

男は手渡された銀のデザートフォークでガトーショコラをつついた。生クリームとミントの添えられた黒い塊。粉糖のまぶされた表面の焼き目が、ほろほろと崩れる。

半信半疑で匂いを嗅ぎ、口に運ぶ。

「どう？　おいしい？」

自分の作ったものが誰かの口に入る瞬間は、うれしいと同時に緊張する。玲奈がおっかなびっくり問うと、一口目で男の手が止まった。

「甘いな……。胸焼けしそうなほど」

「そ、そんなに？　甘さ控えめなはずなんだけど……」

「この甘味、汝《うぬ》が作ったのか？」

いきなり美しい顔を近付けられて、玲奈はどきりとした。もしや口に合わなかったのかと不安がよぎりつつ、頷く。

「そうだよ。私はパティシエールで、スイーツを作るのが仕事なの」

「ふむ」

その答えを聞くや否や、男は残りのガトーショコラにフォークを突き刺してばくんと一呑みにした。

「すべて寄越せ。今ここにある甘味、すべて」

「ええっ？　ま、まあ、どうせ破棄予定だし……昨日の売れ残りならいいけど……」

気に入ってくれたというなら悪い気はしない。

玲奈は言われた通り、昨日の残り分をすべて出してやった。悲しいかな、昨日も来客はゼロに近かったので狭いカウンターがいっぱいになる。

「だ、大丈夫？　こんなに食べてお腹痛くならない？」

ガトーフレーズにミルフィーユ、タルトフリュイに栗かぼちゃのシブースト。

玲奈の心配をよそに、男はすべてのケーキをあっという間に平らげてしまった。

「なるほど、これは甘露《かんろ》。――気に入った」

最後に口の端についたクリームを舐め取ると、男はくるりと丸椅子を回転させて玲奈の正面を向く。その手で玲奈の顎を掴んで、強引に自分の方へ向かせた。

「喜べ芋娘。我はしばらく、この屋敷に食客《しょっかく》として滞在することに決めた」

男の妖しくも美しい赤い瞳には、きょとん顔の玲奈が映っている。

このままふたつ返事で了承しかねない主の様子に、双子はあわてた。

「だめだお嬢、こいつはただのあやかしじゃない。だいたい食客《しょっかく》ってなんだよ。ただの居候、ムダ飯喰らいってことじゃねーか！」

「玲奈さまに無体をはたらくような痴れ者を留め置くなど！」

「う、うん。でも……」

玲奈はちらりと窓の外を見た。

「今放り出しても、行くところがないんじゃない？　かわいそうだよ」

すでに朝七時近いが相変わらず外は暗い。東京周辺は、数日前から今も強い雨が降り続いている。

「困っているあやかしは助けてあげるっていうのが、パパの信条だったから。私は陰陽師じゃないから、全部を救うことはできないけど——。でも、この屋敷を頼ってきたあやかしは見捨てられない」

今から約千年前に活躍した、玲奈の祖先にして偉大なる陰陽師・芦屋道満。

彼はかの有名な安倍晴明など、他の力ある陰陽師達が朝廷に召し抱えられ官位を得ていた平安の世で、在野の陰陽師として民草と共に生きる立場を貫いた。

そして玲奈の父も、陰陽師として人々を助け、悪霊を祓《はら》い——時にはあやかし達をも救っていた。陰陽師にならなかった玲奈に陰陽道の知識はほとんどないが、情け深い性格は父譲りである。

「お嬢は一度決めるとほんっと頑固だからなあ……」

「昔から犬猫のようにあやかしを拾ってきますしね……」

呆れた様子で目配せし合う右鬼と左鬼だったが、その表情にはどこか昔を懐かしむような喜色が混じっていた。こうなるともはや玲奈の決意を折ることは不可能と判断して、ふたりの視線は男の方へ移る。

「この屋敷に留まり玲奈さまの温情にすがると言うのなら、相応の至心《ししん》を見せろ。真《ま》名《な》を明かせ」

しかし男は懐手で腕を組むと、「はて」と首を傾けた。

「真《ま》名《な》か。……忘れたな」

「テメェ……！」

白々しい答えに、怒りを抑えきれない左鬼が掴みかかろうとする。

すると突然、男がその場から消えた。

いや、一瞬消えたように見えただけで、昨夜納戸《なんど》でひっくり返っていたのと同じ体長五十センチほどの白蛇に変化していた。

蛇は嘲笑《あざわら》うようにカフェカウンターの上を這うと、玲奈の腕伝いに身体をよじ上る。そのまま肩の辺りを一周して、ちろりと赤い舌を見せた。

『なれば芋女、汝《うぬ》に特別に、我を好きな名で呼ぶことを許す』

白蛇の姿のまま、霊力を用いて声を紡ぐ。

右鬼と左鬼は信じられないものを見るような目つきで蛇を見た。

「名付けの権利を、玲奈さまに与えると？」

『そう言うておろうが』

玲奈の顔の横で白い鎌首を持ち上げて蛇はうそぶく。双子はやはり、信じられないといった表情で互いに顔を見合わせた。

あやかしにとって、名前には特別な意味がある。

だが当の玲奈はその重大さをいまいちわかっていない。少しだけ考えるそぶりを見せて、すぐに両手を叩いた。

「じゃあ、白蛇だからシロ！」

『さすがにもう少しひねってくれ』

一瞬で否定されて、玲奈も玲奈で「そっか。じゃあ考えとくね」と安請け合いする。双子は先行きに不安を拭えず、この日一番大きなため息をついた。

「よろしくね、名無しの白蛇さん。私は玲奈。ようこそカフェ9-Letters《ナインレターズ》へ！」

玲奈は笑顔で右手を差し出した。白蛇に握手を求めようとして、すぐに「あっ、手がないから無理か」と気付いて引っ込めようとする。

すると、白蛇は再び人の姿を取った。玲奈が驚いて少し身を引くと、赤目の男は差し出された手を掴む。そのまま自分の顔の方へ引き寄せると、そっと口元に近付けた。目をつぶる男の湿った吐息が、玲奈の手の甲にかかる。

それはまるで、西洋の騎士が貴婦人に誓いの口付けをするかのような光景だった。

初心な玲奈は戸惑ったが、男はどうやら匂いを嗅いでいるらしい。スンスンと形のいい鼻が甲から腕へと柔肌をたどって、かと思うと急に玲奈の耳元に顔を寄せ、首筋をぺろりと舐め上げた。

「ぎゃあ⁉」

思わず色気もへったくれもない悲鳴で飛び退くと、男はぞっとするほど美しい笑みで玲奈を見下ろす。

「実に甘露。――愉《たの》しくなりそうだ」

真紅の瞳は獲物を捉えて、ゆらりと妖艶に輝いていた。

一章　陰陽師と抹茶ガトーフロマージュ

玲奈の記憶にある一番古い思い出は、三歳の誕生日だ。

丸いバースデーケーキに映える真っ赤ないちご。上品な絞りのデコレーションの上にはカラフルなろうそくが三本立っている。

ろうそくの小さな明かりが照らすのは玲奈が十二歳の時に亡くなった父親と、今とまったく変わらない右鬼と左鬼の顔だ。母親は生後すぐに死別しているので顔を知らない。

彼女にとっての家族はこの三人と、屋敷に棲むあやかし達だった。

「玲奈、お誕生日おめでとう」

父親が優しく笑った。右鬼と左鬼も笑っていた。

玲奈の父は力ある陰陽師で、困っているひとのためならば全国どこへでも行く。

子供心にしょうがないことだとわかっていたから「寂しい」と口に出したことはなかったけれど、こうやって笑顔で皆とテーブルを囲めるなら、毎日が誕生日になればいいのにと思った。

玲奈のしあわせな記憶はいつもスイーツと結びついている。

父親と遊園地でソフトクリームを食べたこと。ケンカをした後はいつもドーナツを買ってきてくれたこと。風邪の時に右鬼と左鬼が作ってくれるフルーツゼリーが優しい味で心と身体に染みたこと。

だから玲奈はスイーツが好きだ。

それこそが、「スイーツでみんなを笑顔にしたい」という夢の原点でもある。

◇◇◇

正体不明の名無しのあやかしが芦屋家の屋敷に居着いて、何日目かの朝。

時刻は午前九時五十五分。カフェの開店直前である。

「客席よし！　玄関よし！　えーと立て看板は……」

玄関ホールに立つ玲奈が元気に指差し確認をしている。すると何もないはずの虚空から、骨ばった赤い手がヌッと現れた。

右手と左手、手首から先だけの一対の腕は木製の立て看板を掴んでいる。

「あっ。ありがとう！」

玲奈が礼を言うと、右手はぐっと親指をサムズアップさせた。

かつて玲奈の安眠を妨害したあやかし「枕返し」は、今は店の看板を管理するのが仕事だ。赤い手が玄関の引き戸をガラリと開け、ついでに戸の外側にかかっている「CLOSE」の札をひっくり返して「OPEN」に変える。そのまま雨の中を、看板を持って出て行った。

いつも通り敷地の前に手製の木製看板が立てば、いよいよ開店である。

「さあ、カフェ 9-Letters《ナインレターズ》 今日も開店！　張り切っていくよー！」

玲奈の明るいかけ声は、ざあざあ降りの雨にかき消された。

玲奈の自宅であり、彼女が経営するカフェ 9-Letters《ナインレターズ》 の店舗も兼ねるこの古民家は、東京都武蔵野市・吉祥寺の閑静な住宅街にひっそりと存在する。

都心にほど近く、いわゆる高級住宅街と呼ばれる区域とも隣接しており周囲にはひときわ立派な門構えの邸宅が並ぶ。玲奈の家も敷地だけは負けないくらい広い。

――そして、とにかく古い。

古きよき時代を感じさせる築八十年の入母屋造《いりもやづく》りの平屋は、玲奈が生まれるよりも以前、怪異現象が頻発する幽霊屋敷として半ば放置されていたものを、玲奈の両親が破格で手に入れたものだという。

現在は耐震補強も済ませ、玲奈やこの屋敷に棲まう有形無形のあやかし達の手により立派な古民家に再生していた。

「はあ～今日も一日雨かぁ」

午後三時。玲奈はキッチンの作業台に突っ伏してため息をついていた。

「一体いつまで続くんだろ。お客さん、来ないねぇ……」

「客が来んのは雨のせいなのか？」

いつの間にか後ろに現れたのは、父の形見の着物姿がすっかり板についた黒髪赤眼のあやかしである。歯に衣着せぬ彼の問いに、玲奈は答えに窮した。

「痛いところを突くね……」

実のところ、カフェ9-Letters《ナインレターズ》は一年前のオープンからずっと閑古鳥《かんこどり》が鳴いている。連日の雨もあって、ちょうどピークタイムにもかかわらず店内に客の姿はない。

「我はかまわんぞ。客が来ないと、我の食う分が増えるのであろう？」

客が来ない。つまり手をつけられず、廃棄されるケーキが増える。それはすべて、この自称食客《しょっかく》の偉そうな男の腹に収まっているのだ。

「ところで芋子《いもこ》、今日の甘味はいつ寄越すのだ？」

もはや親しみすら感じる調子で玲奈を芋呼ばわりして、男は稼働中のオーブンを見た。ちょうど明日のためのジェノワーズ《スポンジケーキ》を焼いているので、キッチンには甘い香りが漂っている。

「あのねぇおじいちゃん。今日の分……というか、昨日の余りはさっき食べたでしょう？　他のものはまだ営業中だからダメ」

「つれないのう」

まるでボケ老人のような扱いをされても、美貌の男はまったく動じない。それどころか突然、後ろから玲奈に体重をかけ覆い被さってきた。

「な、なに？」

急に纏わりつかれて動揺する玲奈をよそに、じれったい動きで作業台に置かれていた彼女の手に自分の手を重ねた。パティシエ帽から覗く耳に唇を寄せて、フー、と熱い息を吹きかける。

「汝《うぬ》が菓子を捧げて乞うたなら、我とてその身を隅から隅まで愛《め》でてやるのもやぶさかではない……。極楽浄土を見たくはないか？」

「だっ、ダメなものはダメだから！」

耳元でささやかれる声にぎょっとして、玲奈はあわてて身体を引き剥がす。

色仕掛けが通じないとわかると、男は途端に口をへの字に曲げた。

「あーあーつまらぬのう。せいぜい身を粉にして働けよ。我はてれびを観るのに忙しいゆえ」

すでに数日で屋敷に馴染みきったこの男は、気ままな居候生活を満喫していた。今はテレビにご執心らしく、朝から晩まで食い入るように観ている。もちろん、右鬼や左鬼のように家事や店の仕事を手伝ってくれたりはしない。

「働くにもお客さんが来ないんだってば……」

悠々と去ってゆく後ろ姿を見送りながら、そう言えばせっかく考えた彼の名前を、まだ伝えていないことを思い出したのだった。

カフェ 9-Letters《ナインレターズ》は、芦屋家の南側半分を使用している。

玄関から見て左手にある二間続きの広い和室がメインの客間で、席はおおまかに二種類に分かれている。

部屋の畳部分は、四つ脚のカフェテーブルが置かれたテーブル席だ。並べられた椅子はすべて形が異なっていて、それがいい塩梅にレトロ感を醸し出している。初期投資の節約を兼ねて古道具屋などから捨て値で買い集めてきたものを、玲奈と双子が一脚一脚磨き直してニス塗りしたものだ。

そして広縁の板張りにラグを敷き、前庭を眺められるよう窓沿いに並べられた長座卓。座卓の周りにはゆったり足を伸ばしてくつろげるよう、大小様々なクッションが並べてある。

ジェノワーズを焼き終えて客席を覗くも、やはり客足はなし。

がらんとした店内は雨の音が響くばかりでどことなく寂しい。いてもたってもいられず、玲奈は傘を差して玄関を出た。

今日は木曜日だ。いつも通りなら、そろそろ彼がやってくる時間だから。

玄関の軒下から敷地の入り口の方を窺っていると、白くけぶる雨の中にひとりのシルエットが浮かぶ。

「七弦《なつる》！」

うれしくなって思わず名を呼んだが、近付いてきたのは想像していた客とは別人だった。玲奈はあわてて背を正し、接客モードに切り替える。

「いっ、いらっしゃいませ！」

「おとーふ、いる？」

やってきたのはひとりの男児だった。市松模様の着物を着て、編笠を被っている。

男児は玲奈の目の前までとことこ歩いてくると、丸い盆を突き出してかわいらしく小首を傾げた。漆《うるし》塗りの盆の上には、一丁の豆腐が乗っている。

「えっと……。誰かのおつかいで来たの？」

「おとーふ、いる？」

玲奈が少しかがんで視線を合わせると、じぃっとこちらを見上げてくる。真っ白な絹ごし豆腐は何かを訴えるようにぷるんと揺れた。

「う、うーん。じゃあせっかくだし一丁もらおうかな……？」

こんな雨の中、小さい子が豆腐を売り歩いているなんて大変そうだ。玲奈が盆を受け取ろうとすると、突然誰かがぐい、と上から玲奈の腕を掴んだ。

「ストップ！　玲奈、受け取るな！」

「七弦⁉」

かがんでいた玲奈の身体を引き上げたのは、スーツ姿の若い男だった。

さらさらの髪はやや色素の薄い亜麻《あま》色。同じく色素の薄い灰色の瞳に、透明感のある薄布の肌。整った鼻筋は凛と端正で、日本人離れした美しさが目を引く。

彼こそが玲奈の待ち人、幼馴染の幸徳井《かでい》七弦《なつる》である。

焦って走ってきたのか、敷地の入り口から続く飛び石の上に黒い傘が落ちている。

彼の仕立てのよいダークグレーのスーツが雨に打たれているのに気がついて、玲奈はあわてて自分の傘を差しかけた。

七弦は玲奈の肩を抱いたまま、男児から遠ざけるように自分の方へ引き寄せる。

「こいつは豆腐小僧、あやかしだ。こいつの豆腐を受け取って食べると、全身がカビだらけになるって言われてる」

「か、カビだらけ？」

玲奈は全身が緑色になった自分を想像して「ひぇえ」と震え上がった。

「おとーふ、いる？」

「ごめんね。やっぱりもらえない……」

「おとーふ、いらない……?」

無垢な瞳で見上げられて、玲奈の良心は苛まれた。心を鬼にしてもう一度「いらない」と断ると、豆腐小僧はそれ以上しつこくしてこなかった。

雨の中、小さな後ろ姿がとぼとぼと来た道を帰っていく。その気配が完全に敷地から消えるのを注意深く見守って、玲奈の肩を抱いたままの七弦はため息をついた。

「間に合ってよかった……。前から言ってるけど、ホイホイあやかしから物を受け取ったり家に入れたりするな。きみは見鬼《けんき》の目があるけど、陰陽師じゃない。あやかしの起こすトラブルに対応できないんだから」

「うぅ……スミマセン」

つい数日前、わがままで偉そうな男をひとり拾ったばかりだとはとても言えない。

ひとつの傘の中で密着していると、不意にぽたりと七弦の髪の先から雨の雫が落ちた。玲奈がポケットからタオルハンカチを取り出して濡れた髪を拭いてやると、彼の錫色《すずいろ》の瞳と目が合う。

りすの体毛のような長いまつ毛が瞬きして、かと思うと次の瞬間、七弦はハッとして肩を抱いていた手を離した。

「あ。ご、ごめん。つい……」

気安く触れてしまったことか、はたまた濡れた状態でくっついていたことか。あわてて謝られて、玲奈までなんだか気恥ずかしくなった。

玲奈と七弦は同い年の幼馴染だ。お互いが五歳の頃から縁がある。

彼は昔から律儀で、時に少し頑固だ。だけど彼のそんな一本筋の通った誠実なところが、玲奈には昔から心地がいい。

「七弦、上がっていってくれるでしょ？　タオル貸すし、あったかいコーヒーを飲んでいってよ！」

「……少しなら」

左腕の分厚い腕時計《ダイバーズウォッチ》を確認して後ろ頭を搔く七弦。その耳の先は、わずかに赤く染まっていた。

早く早くと腕を引っ張って、玲奈は七弦に玄関の敷居を跨がせる。

すると、正面にホール担当の左鬼が仁王立ちで待ち構えていた。

「おう。今日も来たのか。安倍の坊っちゃんは」

銀のトレイを小脇に挟んで腕組みし、赤髪の合間からガンを飛ばす。ただでさえ背が高くて威圧感があるのに、どう見ても客を迎え入れる態度ではない。

が、七弦にとってはいつもの光景である。

「はいはい」と軽く流すと、濡れた革靴を下駄箱に押し込んだ。

玄関と室内を隔てる引き戸を開ければ、目の前はカウンター席である。ガラス製のコーヒーサイフォンが並んだカウンターの中には、ドリンク担当の右鬼がいる。

こちらは一応「いらっしゃいませ」と声をかけてくれるが、笑顔のひとつもない。

「もう！　右鬼も左鬼も、七弦だってお客さんだよ！　他のお客さんと同じように接客して！」

さすがに玲奈が怒ると、双子は無言で肩を竦めた。

右鬼と左鬼が七弦を冷遇するのには理由がある。それは何を隠そう、七弦があの大陰陽師・安倍晴明直系の子孫だからだ。

玲奈の祖先である芦屋道満と安倍晴明の間には、数々の逸話《いつわ》と因縁がある。千年前から芦屋に仕えている右鬼と左鬼には、安倍の一族に対して思うところがあるらしい。

大判のタオルを持ってきた玲奈が七弦のスーツをかいがいしく拭いてやっている間も、双子の視線は刺々しいままだった。

「陰陽局《おんみょうきょく》の職員とは、よほどお暇な仕事なのでしょうね。平安の頃から宮中で式盤ばかり眺めては偉そうにしていましたが、それが今では国家公務員とは。――税金の無駄では？」

「あのなぁ。僕がここに来てるのは仕事なんだ。この屋敷は『あやかし保護重点区域』なんだから」

七弦がため息交じりに反論するも、右鬼はそれを無視してしれっとグラスを磨いていた。

あやかし保護重点区域。

文明の発達した現代社会で、密かにあやかしが生息しやすい環境を維持し、現世《うつしよ》の秩序を守るための制度で、その対象区域を指す。この辺りだと他に井の頭恩賜公園《いがしらおんしこうえん》が指定されていて、個人の所有地は都内でも芦屋家だけだ。

内閣府陰陽局の職員であり現代の陰陽師である七弦は、それを管理することが仕事のひとつなのだ。

「うん。そっか。そうだよね……。仕事、だもんね」

この店を訪れたのはあくまで仕事の一環。

そう言われて、玲奈のアップスタイルのお団子ヘアがみるみる元気をなくして萎れる。双子の視線がますます冷たくなったので、七弦は頭を抱えた。

「い、いやたしかに仕事ではあるんだけど、違うでもそうじゃなくて！」

あーもう！　とくしゃくしゃと亜麻《あま》色の髪を乱してひとしきり煩悶した後、七弦は咳払いする。スーツの襟元を直して居住まいを正すと、玲奈の正面を向いた。

「玲奈。その、僕は――」

彼女の両手を取って胸の前まで持ち上げると、タオルが肩からはらりと床に落ちる。

照れ隠しに茶化しそうになる自分を追いやって、七弦はただ真摯に玲奈の目を見た。

「僕は玲奈の作るケーキが、好きだよ」


——本当に好きなのは、きみ自身だ。


ずっと伝えられずにいる本音はぐっと呑み込んで、優しさだけを言魂《ことだま》に込めた。なにせすぐ後ろに恐ろしい形相の保護者がいる。

当の玲奈は、初めはきょとんとしていたが、注がれた言の葉が胸の内で花開くと、はにかんで笑った。

「うん。忙しいのに来てくれてありがとう」

その笑顔のまぶしさに、七弦の胸はいつだって甘く締めつけられる。

「今日の日替わりケーキね、七弦に食べてもらおうと思って作った特別メニューなんだ！」

「僕に？」

「うん。だって七弦が来るの、だいたい木曜日でしょ」

自分のために、と言われるとくすぐったくもうれしい。

上着を脱ぎ、いつものように広縁沿いの長座卓の一番奥に七弦が陣取ると、他に客もいないので玲奈もモロッカン柄のクッションを引き寄せて隣に座った。

ふたりで仲良くひとつのメニューカードを覗き込む。玲奈は今月の限定メニューのことなどを指差しで熱心に説明していたのだが、七弦はその指の爪が小さくてかわいいなあ、などと余計なことに気を取られてしまってそれどころではなかった。

すると突然、ぴったり肩を寄せ合っていたふたりの後ろから長い腕が割って入る。

「へいお待ち。日替わりケーキセット一丁！」

左鬼がふたりの間に無理矢理半身を捩じ込み、ガラスのフラスコに入ったコーヒーとケーキ皿を置いた。

「おい、まだ頼んでない！　だいたいなんだよそのラーメン屋みたいな接客は！」

「うるせぇ。安倍の坊主がうちのお嬢に近付こうなんざ、千年はえーんだよ」

あからさまな妨害に思わずツッコむと、左鬼もここぞとばかりに言葉に霊圧を乗せて凄んでくる。並の男なら土下座間違いなしの強面であるが、さすが一流の陰陽師である七弦には通じなかった。

代わりにじーっと恨めしそうに見返してやると、空気を少しも読まない玲奈が「ねえねえ」とワイシャツを引っ張ってくる。

「ほら、七弦のために作った日替わりスイーツだよ！　抹茶ガトーフロマージュ！」

「ああ、うん」

玲奈に促されて白いプレートに視線を落とせば、そこにあるのはごくシンプルな形の抹茶色のチーズケーキだった。

生クリームが添えられ、琥珀色のシロップが入った小さなミルクピッチャーがついている。断面が三層になった、玲奈のオリジナルレシピだ。

「いただきます」

期待に顔を輝かせる玲奈と、トレイを持ったまま後ろに立つ左鬼。そして遠くのカウンターから、左鬼と視界を共有しているらしい右鬼。

三人にじっと見守られながら、七弦は綺麗な所作でケーキを切り分け口に運んだ。

一番始めに舌に飛び込んだのは、軽いくちどけの抹茶のムース。抹茶の香りとわずかな苦味がふわりと口の中に広がった。

二層目は塩気の効いた濃厚なチーズケーキ。しっとりとした舌触りのニューヨークスタイルだ。一番下はザクザクとした噛み心地が楽しいココア生地で、食感がアクセントになっている。

「ん。何か入ってる……？」

「紅玉のコンポートだよ。今が旬なんだ」

七弦のつぶやきに玲奈が得意げに笑う。

二層目のチーズケーキ部分に、しっかりした食感と強い酸味が特徴の紅玉りんごの砂糖煮がごろんと入っていた。噛みしめると爽やかな甘味と酸味が染み出てきて、全体に不思議な統一感が生まれる。

「……おいしい」

お世辞でも贔屓目《ひいきめ》でもなく、素直な感想だった。玲奈が思わず小さくガッツポーズしたのを見て、双子の鬼も自然と笑顔になる。

「生クリームと一緒に食べるとね、また違った味が楽しめるよ！」

「このピッチャーに入ったソースみたいなのは？」

「それははちみつとメープルシロップを合わせたもの。甘さが足りない人向け」

玲奈のうんちくや工夫したポイントなどを聞きながら、七弦はあっという間に半分ほど食べ終えた。プレートの上のケーキを、改めてしげしげと眺める。

「不思議だな……。色んな味や食感がするのに、バラバラな感じがしない。どれもがお互いを引き立てあってる感じだ」

「そういうのは『マリアージュ』って言うんだよ。組み合わせがばっちりなこと！」

「ふぅん……。〝mariage《けっこん》〟ね……」

ちらりと玲奈の顔を盗み見ると、こちらを見つめる無垢な瞳と目が合う。

「七弦の好みに合うように、七弦のことを考えながら作ったんだよ」と微笑まれ、七弦はただ赤くなるしかなかった。

「あ～あ。せっかくの日替わり、たくさんの人に食べてもらいたいなぁ……。ねえ、七弦はどうやったら、この店にお客さんが来てくれると思う?」

ブレンドコーヒーを飲む七弦の横で、長座卓に顎を乗せる玲奈。店内が静かなので、外の雨の音が余計に強く感じられる。

カフェ 9-Letters《ナインレターズ》がいまいち流行らない理由。

七弦はそれを、誰よりもわかっていた。

その根本的な原因はただひとつ——雰囲気がありすぎるのだ。

右鬼や左鬼など力ある存在を除き、この屋敷に生息するほとんどのあやかしは普通の人には視えない。

だが、人間は「何かがいる」という気配は敏感に察知するものだ。

元々玲奈の父が存命の頃からこの屋敷はあやかし保護重点区域だったが、最近はなんでも懐に入れてしまう玲奈の人柄もあってか、ますます増えている気がする。

それらの隠しきれない存在感が敷地全体に漂って、一見《いちげん》の客足を鈍らせているのだ。

七弦がふと雨の降る前庭を見ると、長い尾に鋭い爪を持つ猫のようなあやかし「鎌鼬《かまいたち》」が、雨で落ちた葉を集めてせっせと掃き掃除している。普通の人にはつむじ風が舞っているようにしか見えないだろうが、これも玲奈が拾ってきたあやかしだ。

玲奈の純粋な魂に、あやかしは惹かれる。七弦だってそれは同じで。

つまりこの問題は、玲奈がオーナーである以上どうにもならないことなのだ。

「SNSとかで宣伝したらいいんじゃない？　まずは店の名前を知ってもらうことが大事じゃないかな」

どう答えるべきか考えあぐねた末、七弦は無難なアドバイスをするに留めた。

実際、カフェ9-Letters《ナインレターズ》は古民家らしさを残したまま上手く改装されていて、店内は家具のセンスもよく洒落ている。玲奈の作るケーキはもちろん、五行のうち水の気を操る右鬼が淹れたサイフォンコーヒーもなかなかの味だ。

何かきっかけひとつで、客足は増えそうであるが。

「名前かぁ……」

顎をテーブルに乗せたまま難しい顔で考え込んでいた玲奈は、「名前」という単語にあることを思い出してぴょこりと起き上がった。

「あっ。そういえば私、名前を考えたんだよ」

「なんの？」

「男の子の。ふふ、家族が増えるから」

「……は？」

七弦は話を理解しきれず、低速なネット回線のように固まった。

ちょうど玲奈が自分の腹をさすっていたせいで、あらぬ想像が湧き上がる。

しばし、雨が無情に屋根を打つ音が室内を支配した。

「は？　ちょ……ちょっと待ってくれ。玲奈、きみ一体いつの間に――いやいやいや待てって。ていうかそもそも相手はどこのどいつなんだ⁉」

「家族が増える」の意味を盛大に誤解して七弦が思わず腰を浮かせたその時。

閉め切られていたはずのテーブル席の奥のふすまがスパン！　と勢いよく開いて、北側の廊下からひとりの男が現れた。

着流しの合わせからぶらぶらと懐手を覗かせた、黒髪赤眼のあやかし。玲奈が今まさに名付けようとしていた「男の子」、その人である。

「おい芋子。汝《うぬ》の部屋のてれびが突然黙りこくってしまったんだがあれは一体――」

「何者だ⁉」

男の姿を認めるや否や。

突然七弦は弾かれたように立ち上がって玲奈の腕を引き寄せた。そのまま横へ跳び退くと、素早く右手で五芒星《セーマン》を切る。

「金咒縛縛《きんじゅばくばく》！　令風成鎖《かぜはくさりとなりて》、疾列一条《とくつらなれ》！」

「ぬっ？」

七弦の発した言葉に応えるように男の足元が輝き、五芒星《セーマン》から生まれた光の束が裸足を絡め取った。霊力の青白い光に真下から照らされて、男の血のように赤い瞳は妖しく輝く。

「小童《こわっぱ》が。呪術師《じゅじゅつし》か」

「そこらのもぐりと一緒にするな。僕は正統な陰陽師の家系の出だ」

右手で印を組んだままの七弦の左腕には、玲奈がしっかり抱き込まれている。ふたり分の体重で、拭き漆の楢《なら》の床がギィと音を立てた。

「七弦、七弦」

自分を守るように抱く腕の力が、先ほど豆腐小僧に出会った時よりずっと強い。玲奈はあわててネクタイを引っ張り呼びかけるも、目の前の相手に神経を研ぎ澄ませているのか返答がない。

押し込まれたワイシャツの胸元から、爽やかなマリンノートの香水が香った。

「ふむ？　なんぞ知らんが、この屋敷にはずいぶんと死にたがりが多いとみえる」

男が泰然と首を捻って関節を鳴らすと、七弦は一層険しい表情で奥歯を噛みしめる。

敵をまっすぐ見据える錫色《すずいろ》の瞳は、霊力を帯びて青白い光を湛えていた。

玲奈はその美しくも凛々しい横顔に少しだけ気を取られて――、いやいやそういう場合じゃない、と我に返る。

「ねえ、七弦」

「略咒《りゃくじゅ》とはいえまともにくらって動けるなんて……何者なんだ」

「なつる」

「いや、足は動かんぞ？　搦《から》め手とはいえ我の歩みを止めたことは褒めてやろう」

「ずいぶん余裕がありそうだな……。だが僕がここにいる以上、好き勝手は許――」

「な・つ・るーっ！」

いきなりぐわんぐわんと思いっきり胸ぐらを揺さぶられて、七弦は印を崩した。維持していた結界が消え去り、あわてて玲奈を自分から引き剥がす。

「ちょ、ちょっと玲奈、邪魔しないでくれないか⁉」

「もうっ、話を聞いてってば！　そのひとが新しい家族だから！」

「こいつは人じゃない、あやかしだ！　しかも禍々しさが尋常じゃ――って、え？」

玲奈の突拍子もない言葉に、七弦の全体を覆っていた霊気が引っ込む。意味を瞬時には理解できず、七弦は男と玲奈を交互に見る。

「だからさっき、家族が増えるって説明したでしょ？」

頬を膨らませた玲奈の表情から、ようやく言わんとしていることが読めてきて七弦は一層あわてた。

「いやいやいや、さすがにそれはだめだろ玲奈。男の姿をしたやつと同居なんて……、何より纏う気配が普通じゃない」

「でも、名前をつけるって約束したの」

「名前を？」

聞き返す声が急に低くなって、眉間に縦皺が刻まれる。玲奈がおずおずと頷くと、七弦は一呼吸置いて乱れた髪を整えた。歪んだネクタイを締め直しつつ、一連の騒動を傍観していた双子の方を向く。

「右鬼、左鬼。どういうことか説明してくれないか？」

その言魂《ことだま》には、静かな霊圧が込められていた。

冷めかけたコーヒーを飲みながら、七弦は冷静に現状を把握しようと努めた。

先ほどと同じように長座卓の七弦の隣に玲奈が座り、さらにその横に赤目の男が座っている。双子と玲奈がいきさつを説明している間、当の本人はつまらなそうにあくびをしていた。

「あのね玲奈。元が精神生命体であるあやかしにとって、名前はその存在を現世《うつしよ》に留め、定義づける楔《くさび》のような役割を持ってるんだ」

「くさび？」

「そう。悪と呼べば悪に、善と呼べば善に。人々が意味と畏れを持ってその名を呼べば、あやかしの性質は自然と傾く。……玲奈は菅原道真《すがわらのみちざね》って知ってる？」

歴史のテストは毎回赤点スレスレだった玲奈も、さすがにその名は記憶にある。

「知ってる！　学問の神さまでしょ？　高校受験の時に、担任の先生が湯島《ゆしま》天神で合格祈願の鉛筆を買ってきてくれたから覚えてる」

「その菅原道真は学問の神として祀られる前、京に呪詛《じゅそ》を撒き散らす怨霊として恐れられる時代があった」

「えっ、そうなの？」

驚く玲奈の瞬きを正面から受け止めて、七弦は神妙な顔で頷いた。

「人々の信仰により神にも怨霊にもなる。あやかしにとって、名前は魂の在《あ》りかたを左右する重要なものなんだ」

あやかしとは常世《とこよ》を漂う精神生命体の総称。そこは純粋な「概念」の世界であり、善も悪も表裏一体なのだ。

懇切丁寧な七弦の説明に、だらしなく頬杖をついた赤目の男が口を挟んだ。

「食客《しょっかく》として滞在する間のかりそめの名だぞ、そうたいしたものではあるまい。そもそもカケラも霊力のないこの芋娘に、名を以《もっ》て我を縛ることは不可能だ」

「もう。芋はやめてよ！」

「ふうむ、ならその貧弱な胸板を我が育ててやろうか？」

「お・こ・と・わ・り・です！」

やけに息の合ったふたりのやり取りを隣で聞きながら、七弦はコーヒーに口をつけた。その一口が、いつもより妙に苦い。

「名付けはすなわち契約。二者に霊的な繋がりを生むんだ。だからあやかしの性質に、人の方が引っ張られる場合もある」

「私自身が彼に影響されるかもしれないってこと？」

「そうだよ。だから安易にすべきものじゃない。特にこいつみたいな何考えてるのかわからないやつならなおさら」

七弦が睨むと、男はフンと鼻を鳴らしてそっぽを向く。

「――まァ、牽制にはなるだろ」

三人から少し離れた後ろのテーブル席に腰かけた左鬼が口を挟んだ。

「気位の高い者ならなおのこと、名付け主を傷付けたり殺すことなんざできやしない。それはつまり、己の見込み違いを認めることになるんだからよ」

銀のトレイを人差し指の上で器用に回しながら、物騒な台詞を吐く左鬼。玲奈は「ん？」と眉根を寄せる。

「殺す……？　見込み違い？」

「ああ。名付け主を殺したら、名付けさせるに値しない者を見込んじまったっつう、自分のあやまちを認めることになるからな」

玲奈はびっくりして隣に座る男に顔を近付けた。

「えっ。まさかあなた、私のこと殺したりしないよね？　納戸《なんど》のお酒全部飲んで、その上毎日三食ご馳走になってるもんね？」

「……ふむ、そうさな……」

馬鹿正直な玲奈の問いに、男は空返事をする。

七弦が注意深く挙動を観察していると、ふと、赤目の男の節だった手が玲奈の顔へ伸びた。

ひんやりとした手の甲が頬に触れ、玲奈は反射的に身を竦める。その手は確かめるように輪郭を撫でたかと思うと、突然玲奈のお団子頭をまとめていたビジューつきのかんざしをすらりと引き抜いた。

「あ、ちょ……っ！」

胸のあたりまである玲奈の黒髪が広がり落ちて、グリーンフローラルのシャンプーの香りが広がった。男は抜き取ったかんざしをぽいとそこらに投げ捨てると、黒髪の一房を掬《すく》う。そしてそのまま口元に引き寄せ匂いを嗅いだ。

「芋のような抱き心地は好かぬが、汝《うぬ》の生み出す甘味は気に入った。それに——。その甘味を生み出す魂にも、ちぃとばかし興味がある」

自らの指に玲奈の黒髪を絡ませ、男は不敵に笑った。

その赤い瞳が一瞬凶悪な光を宿したのを見て、七弦は思わず立ち上がる。

「玲奈、やっぱりだめだ。いくら右鬼と左鬼がいるとはいえ、こんなやつここには置いておけない！」

「七弦」

玲奈は下から見上げる形で七弦を見つめ、ううん、と静かに首を左右に振った。

「もう決めたことだから」

「けど……！」

七弦が何かを言いかける。すると玲奈も立ち上がり、彼の両手を取った。

先ほど七弦がそうやって励ましてくれたように、彼の手を胸の前でぐっと握る。少しでも、自分の正直な気持ちが彼に伝わるように、と。

「あのね、私、うれしかったの。このひとは誰にも食べられず捨てられるしかなかった私のケーキを、全部食べてくれた。私の作ったスイーツを、おいしいって言ってくれたの。だから――私はこのひとのこと、信じてみたい」

「玲奈……」


――スイーツでみんなを笑顔にしたい。

その夢にひたむきに向き合う玲奈を見てきた。だからそう言われてしまったら、これ以上反対できるわけがない。

七弦がうつむくと、玲奈は遠慮がちにその表情を覗き込んだ。

「七弦、怒ってる？　さっきは守ろうとしてくれたのに、ひどい態度をとってごめんなさい」

しゅん、と仔犬のように佇むその姿に、七弦はついに観念して深く嘆息した。

「わかったよ」

玲奈の手をそっと握り返して、元いた席に座り直す。

「少し様子を見させてもらう。ただし、何か不穏を感じたら滅するから」

小さく息を吐き、気持ちを改めるようにデザートフォークを手に取った。残っていた抹茶ガトーフロマージュに別添えのメープルハニーのシロップをこれでもかとたっぷりかけて、生クリームと共に掬《すく》って食べる。

七弦のために、と玲奈が作ってくれたスイーツ。今この味だけは、玲奈が自分のことを想ってくれた愛情の形なのだ。そう言い聞かせて噛みしめると、優しい甘さが彼の全身にじんわりと広がった。

「ありがとう七弦」

「ふん、小童《こわっぱ》が。ほざきよる」

刺々しい言葉とは裏腹に、赤目の男は愉快げに口の端を持ち上げていた。

七弦が抹茶ガトーフロマージュを綺麗に完食するのを見届けて、満足げな玲奈は、ややあってぽんと手を叩いた。

「ねえ、名無しくん。私、あなたの名前を考えたんだ」

「ほう？」

男が頭を持ち上げると、玲奈は少しはにかんで彼を見た。

「あなたがこの家にやってきたのは雨が降り続いてる日で、この先その日のこと……あなたと私が出会った日を忘れないようにって」

「ふむ」

「だからあなたの名前は――『霖《りん》』だよ」

【霖】
音・リン　訓・ながあめ
意味・ながあめ。三日以上降り続く雨。

その瞬間。

ずっと平屋の屋根を打っていた雨の音がやんだ。

「……霖」

「そうだよ。長雨って意味だって」

男が反芻するようにつぶやくと、玲奈は「うってつけでしょ？」と窓の外を指差す。

しかし、つい今しがたまで一週間近く都内に降り続いていたはずの雨はすでにやんでいた。

「あれ？　やんじゃった。うーん、でもいいよね？　あなたは今日から霖！」

玲奈は能天気にアハハと笑う。

すると男は立ち上がり――しばらく外を見た後、袂《たもと》の中に腕を組んでふむ、と頷いた。

「良いぞ、今より我は霖だ。……して芋子よ、我は汝《うぬ》の部屋でてれびの続きを観たいのだが？」

よほどテレビが気に入ったのか、赤目の男改め霖は玲奈の腕をぐいぐいと引っ張って立ち上がらせる。

「営業中にテレビを観るのはかまわないんだけど……夜はダメだからね！　昨日みたいに寝てる時に入ってこないでよ？」

「そう堅いことを言わずとも良かろうよ。すでに枕を交わした仲であろうが」

「枕？　貸さないよ？」

「フ、意地が悪いのう」

霖は玲奈の腰を引き寄せ、「早よせい」と部屋へ連れていこうとする。

この男、玲奈が鈍感なのをいいことに先ほどからべたべたと身体に触りすぎだ。

しかも彼女の部屋に連日入り浸っているらしいという聞き捨てならないやり取りに、七弦もあわてて後を追おうとする。

「おい、玲奈に馴れ馴れしく触――」

その時ふと、腰を抱いていた霖の手が玲奈の背に回り、撫でるように触れた。

「！」

七弦は思わず身構えた。霖が触れたその箇所が、霊力の赤い光を帯びたのだ。

何か呪《じゅ》の類《たぐ》いかと緊張に目を凝らすも、当の玲奈は気付く様子がない。そのうちにぼんやりとした赤い光は輪郭を取り、文字となって浮かび上がる。

――それは、一首の和歌だった。

ぬばたまの　闇にかきやりし　黒髪の　床《とこ》になれしは　われのみぞ知る
(夜の闇の中で整えてやった黒髪が、床で乱れたのを私だけが知っている)

「――ハア⁉」

あんまりに直球の、艶っぽすぎる歌だった。七弦が思わず素《す》っ頓狂《とんきょう》な声を上げると、赤い光はすぐに力を失って消えてしまう。

霖がチラ、とだけこちらを向いた。前を見ている玲奈の黒髪を梳くように撫でて、思わせぶりにニヤリと笑う。明らかな七弦への挑発だった。

七弦は奥歯を噛みしめた。ならば乗ってやろうじゃないかと、駆け寄って玲奈の肩を叩く。

「待って玲奈。そんなやつにしょっちゅう部屋に出入りされたら困るだろ？　テレビは別の部屋に移せばいい。それで僕がきみの部屋に、こいつが入ってこれないようなあやかし避けの結界を張るから」

「でもそれじゃあ、右鬼と左鬼も入れなくなっちゃうんじゃない？」

「なら蛇避けの結界にしよう」

触れたら存在が消し飛ぶくらいの超強力な結界を張ってやろうと決意して、七弦はふたりの横に並んだ。

窓の外ではいつの間にか、ぶ厚い雲の切れ間から陽の光が漏れ虹がかかっていた。

二章　カフェオーナーの憂鬱

「やっぱり庶民の味方といえばここだよね～！」

ほくほく顔でディスカウントストアでの買い物を済ませた玲奈は、賑わう商店街のただ中で「う～ん」と大きく伸びをした。

吉祥寺ダイヤ街は吉祥寺駅北口にT字状に広がるアーケード街だ。樹脂板の屋根は開閉式で、晴れた日は青空が見える。

最近は店子の入れ替わりも増えたが、玲奈が子供の頃から変わらず存在する老舗《しにせ》もある。そのひとつがT字の角部に立つ肉屋だ。平日にもかかわらず、店前には揚げたてメンチカツを求める人々の長い列ができていた。

エコバッグ片手にアーケードを抜ければ、おしゃれな大型店が立ち並ぶ大通りへ出る。駅前交差点を経由して南北を通る吉祥寺通りだ。

車道はいつも車通りが多く、路線バスがひっきりなしに往来している。

「いい天気だなぁ」

十月も最終週。

街にはそこら中に、ハロウィーンのかぼちゃのオーナメントが飾られていた。空は清々しい秋晴れで、陽射しは穏やかであたたかい。数週間前には連日暗い雨が降り続いていたのが嘘のような日和である。

こんな日は井の頭公園でピクニック——といきたいところだが、カフェ9-Letters《ナインレターズ》は今日も営業中だ。あまり長い時間留守にするのも、店番の右鬼と左鬼に悪い。

玲奈は駐輪場に停めていたママチャリを引き出して跨がると、しゃこしゃこと軽快に走り出した。

芦屋家の屋敷は吉祥寺北町にある。

吉祥寺通りを北進すると、すぐ右手に見えてくるのは武蔵野八幡宮だ。周囲の喧騒を遮るように木々に囲まれたその神社は、いつ訪れても空気が凛と澄んでいる。

いかにもパワースポットという佇まいだが、神の気配に満ち満ちたこの場所は、清浄すぎてあやかしには棲みにくいのだそうだ。

「ハロウィーンももう終わるし、栗かぼちゃのシブーストは今週いっぱいかなぁ」

十一月の限定メニューは洋梨のタルトにする予定だ。

(アーモンドクリームの生地に、はちみつを合わせたチーズのフィリングを詰めて……生の洋梨をたっぷり乗せるの！　洋梨のフレッシュな甘さにチーズの柔らかな酸味！　さくさくの土台と一緒に食べたら絶対絶対おいしいよね！)

宝石のようにつやつや輝く洋梨タルトを思い描き、玲奈はにんまりと笑った。

八幡宮境内の欅《けやき》の葉は色が薄くなり、秋の陽光を透かして淡く揺れている。あと半月もすれば美しく紅葉するだろう。

あれこれと考えながら住宅街をのんびり漕いでいくと、くたびれた芦屋家の瓦屋根が見えてくる。ちょうど敷地の門をくぐったところで、ジーンズのポケットに入れていたスマートフォンが鳴った。

『やっほー久しぶりー！』

あわてて自転車を停めて応答ボタンをタップするとテレビ通話だった。

画面の向こうに映っているのはばっちりとまつげを盛った派手めの美人。高校時代からの友人、美優《みゆう》だった。

『なんか急に顔見たくなってさ～、文字打つのだるいし通話にしちゃった』

彼女は玲奈と同じく高校で製菓科に在籍していたのだが、卒業間際に「やっぱあたし、お菓子作りとか向いてないわ」などと言い出してアパレルブランドのショップ店員になったという根っからの自由人である。

今はその店も辞め、ワーキングホリデーでオーストラリアにいる。

『カフェは順調？』

「順調とはいかないけど、なんとかやってる……かな」

『そかー。ちなあたしはここんとこ運勢最悪でさー、この間もこっちのバーでさぁ』

こちらの都合などおかまいなしに一方的に近況を話し始める美優。彼女のおおらかさは無遠慮で図々しい半面、意外とまめなところもあって玲奈は好きだ。

『そーいやあのひと達も相変わらずなの？　えーとほら、親戚の双子のお兄さん。めちゃくちゃ背が高くてかっこいい赤髪と青髪の』

右鬼と左鬼のことだ。彼らは対外的に、両親のいない玲奈の遠縁で保護者代わり、という設定になっている。

「ああ、うん。今もふたりともカフェを手伝ってくれてるよ」

『……今もまだ超過保護なの？』

今はそこにいないよね？　とばかりに声を落とし、美優は玲奈の背後の景色をジロジロと見回した。

『あのひと達、高校時代毎っっ日玲奈のこと送り迎えしてたじゃん？　文化祭の時なんて、玲奈の模擬店の左右にガードマンみたい立っててさあ……声かけてくる他校の男子を片っぱしからつまみ出したりしてて、まじウケたんだけど』

自分の家庭環境が世間一般とだいぶズレているらしい、と玲奈が気付いたのは高校に入ってからのことだ。

ただでさえ目立つ双子が雨の日も雪の日も欠かさず学校までついてくる上、帰りは校門で待ち構えているものだから、「芦屋玲奈はヤクザの娘らしい」という噂が立ってしまって学内で恐れられていたのだ。

「さすがに最近は多少、緩くなったと思うけど……」

『えっ！　じゃあもしかしてオンライン合コンとかできる系？』

急に美優の声が弾んだ。どうやら突然の電話はこれが目的だったらしい。

『ホストファミリーの友達の男がさ、日本人の彼女が欲しいって言うんだよねー。それならいっそ、北半球と南半球でネットで合コンとかどうよって話になって』

「う、うーん、お店のことがあるからちょっと難しいかも……。それに最近、手のかかる居候がひとり増えたから――」

『何それあやしい！　もしかして男？　玲奈、彼氏できたの？』

「かっ、彼氏じゃなくて居候！　ゴロゴロしてテレビ観たり、食い物寄越せって騒ぎだしたりするだけのわがまま放題なのになんか放っておけない居候！」

『……要はヒモってこと？』

「えっ？」

玲奈はきょとんとした。ヒモという言葉の意味を知らなかったからだが、とんでもない誤解を生んでいるような気がする、ということだけはわかる。

「おい芋子、何をしておる」

ちょうどその時、背後に霖が現れた。

藍鼠《あいねず》の紬《つむぎ》を着流した霖は後ろから玲奈の腕を掴むと、ぴったりと顔を寄せ興味津々でスマートフォンを覗き込んでくる。

「さっきから何を楽しそうに板としゃべっておる。もしやそれもてれびか？」

「り、霖！　ちょっと今はだめ！　来ないでってば！」

最悪のタイミングで現れた男をどうにか画面から追い出そうとするが、遠ざけようとすればするだけぐいぐいと密着してくる。

『あっ、もしかしてこのひとがヒ……、じゃなかった、彼氏さん？』

「だ、だから違っ、霖はそういうんじゃ！」

『やば、まじでイケメンでビビるんだけど。てかあのスイーツひと筋の玲奈に彼氏できてたとか意外すぎ〜。……大丈夫？　だまされてない？』

「や、だからあの」

『まあ今の時代、女が男を養う人生もアリじゃん？　あたしは応援する！　お邪魔してごめんね〜。今度紹介してよね、じゃ！』

そのまま、かかってきた時と同じように一方的に通話が切れた。

あの調子だと、ものすごい勢いで共通の友人に「玲奈に男が！」と拡散されるのは間違いない。一体どう誤解を解けばいいのだろうかと玲奈は頭を抱えた。

「どこへ行っとった。今日の甘味はまだか。我はがとうしょこらが食べたい」

「ぜ～ったいヤダ！」

「顔のいいヒモ」という不名誉な称号を得てしまったにもかかわらず、今度はしれっと食べ物を要求しだす霖に、玲奈はべーっと舌を突き出した。

名無しの白蛇改め、霖が芦屋家にやってきてから早くも数週間が経過していた。

相変わらず酒を飲ませろ飯を食わせろ、果ては余興に舞え歌えだのとわがままばかりだが、玲奈はあくまで聞けるものは聞いてやり、無理なものは無理と言う。するとと文句を言いつつもそれ以上無茶なことは要求してこないので、玲奈はこれは彼なりのコミュニケーションなのだと解釈することにしていた。

――昨日までは。

「忘れちゃったの？　おじいちゃん。あなたが昨夜キッチンに忍び込んでぜ～んぶ食べちゃったせいで、昨日の残りはおろか今日お店で出す分のガトーショコラまでなくなっちゃったんですけど！」

さすがにコミュニケーションの域を超えた悪戯《いたずら》に、玲奈もおかんむりである。霖のせいで本日のガトーショコラは朝から「売り切れ」の札がかかっていた。

ぷりぷりと怒りながら玄関を入ると、まったく悪びれもしない霖も飄々《ひょうひょう》とついてくる。ドリンクカウンターにいる右鬼に「ただいま」と告げて客席を覗くが、あいにく客の姿はなかった。

思わず大きなため息が出た玲奈の横で、霖は「がとうしょこらは、作りたてより少し寝かせたものの方が美味いな」などといっぱしのスイーツ通ぶった台詞を吐く。

「そうよ。ガトーショコラは一晩置くと生地が馴染んでしっとりするの。だからわざわざ前日に仕込んで冷蔵してるのに！」

「そうカッカするな。どうせほとんど客が来ずに丸々残るのだ。我の腹に収まるのがちぃとばかし早まっただけのこと」

「そっ、そんなことない！ 今日だってこれからお客さんが山のように——」

言い合っているふたりの後方で、カラカラと玄関の戸が開く音がした。来客の気配に玲奈が「ほらね！」と得意げに霖を見る。

持っていたエコバッグを押しつけて接客モードで待ち構えていると、玄関ホールと室内を隔てる引き戸が開いて本日ひとりめの客が現れた。

「いらっしゃいま——」

「おとーふ、いる？」

やってきたのは客ではなく、ぷるぷるの豆腐を盆に乗せた豆腐小僧だった。

「ご、ごめん。いつも来てくれて悪いんだけど、お豆腐は間に合ってます……」

小僧には丁重にお帰りいただき、玲奈は思わず皺の寄ってしまった眉間を揉む。

「あんな小さい子だって一生懸命働いてるのに……。この世には『働かざるもの食うべからず』って言葉があるの知らないの？」

「ほう。なれば働けば良いのだな？」

急に霖の声が真面目な調子になった。額がくっつきそうなほど接近されて、美形の顔面の圧力に玲奈も思わずたじろぐ。

「そ、そうだよ。……けどそもそも、霖って人並みに働けるの……？」

だいたい、日頃の霖はこちらがどんなに忙しそうに仕事をしていても、悠々とテレビを観ていて手伝う気配すら見せないのだ。どう贔屓目《ひいきめ》に見ても甲斐性があるようには思えない。それこそ、美優の言うところのヒモというやつである。

疑いの眼差しを向けると、霖はいつものように着物の中で腕を組んでふんぞり返った。

「ふっ。人の子や鬼にできて、我にできぬことなどなんぞあろうか？　我の雑色《ぞうしき》もかくやという働きぶりに畏れおののくが良い」

「ぞーしき……？」

「使い走りの下級役人のことですよ、玲奈さま」

首をひねる玲奈に右鬼がそっと解説を加える。よく意味はわからないが、偉そうに仁王立ちする姿を見れば自信満々らしいということだけは理解できた。

「うーん……じゃあせっかくだから何かお願いしようかな？」

「よかろう。大船に乗った心持ちでおるが良い」

「庭の草むしりか風呂掃除くらいなら霖でもできるかなあ……。あっでも、その辺の仕事は鎌鼬《かまいたち》や垢舐《あかな》めの担当だしなぁ……」

「言っておくがそこらの下級あやかしにできるような雑用はせんぞ」

まさかこの偉そうな態度で、店頭で接客をするつもりなのか。言うことと態度は一丁前だが、普段のこの男の傍若無人ぶりを見るにいまいち信用ならない。

「あのさ……霖はこの店が何をするためのところなのかはわかってる？」

半信半疑の玲奈の問いに、霖はますます堂々と胸を張った。

「もちろん知っておる。かふぇーであろう。てれびによく出てくるぞ。若い女がけったいな衣装を着て『もえもえきゅーん！』とする場所だ」

それはカフェはカフェでもメイドカフェというやつである。どうやら、テレビから色々と偏った現代知識を仕入れているらしい。

「まあ仔細はどうでも良い。この店に一番足りないものは客だ。客が来れば良い。そういうことだろう？」

玲奈が脱力してうなだれていると、突然霖が顎を掴んできた。

「そ、そりゃまあそうだけど……」

強引に上向かせられた玲奈の困惑の表情を映して、赤い瞳は三日月のように細められる。

「ふむ。ならば我が、ちぃと引いてきてやろう」

「えっ、あんまりしつこい客引きみたいなのはダメだよ？」

「なぁに。しばし門前に立つだけだ。……我が客を連れてきたなら、なんでも良いから甘味を寄越せよ」

そう言って、霖は心配する玲奈をよそにふらりと家を出て――

「……ほんとに連れてきた……」

わずか十分ほどで、三人組のマダムに囲まれながら戻ってきた。

「い、いらっしゃいませ！」

あわてて玲奈が出迎えると、マダム達は一斉に黄色い声を上げる。

「こんにちはぁ～。やだぁ～！　もうっ、こんなところにカフェがあるだなんて知らなかったわぁ～？」

「ね～！　素敵なお店じゃない！」

「うふふ、こんな男前なオーナーがいるだなんて知ってたら毎日来たのに！」

ふくよかな婦人がしなだれかかると、霖はその肩を抱いて「良い良い。ゆるりと座れ」とテーブル席の方へ促す。

（誰がオーナーだって？）

そのあまりの自然さに、玲奈はしばしあっけに取られていた。

それからの数日、霖は度々ふらりと外に出ては客を連れて来るようになった。

（一体どうやって――？）

疑問に思った玲奈が遠くから観察したこともあったが、霖は自らの言葉の通り本当に門前に立っているだけだった。

彼が腕組みで敷地の前に突っ立っていると、通りがかりが「Café 9-Letters《ナインレターズ》」の木製スタンド看板を見つけ足を止める。そこへ霖が声をかけて二、三言交わす。するとその人は引き寄せられるようにカフェに入ってくるのだ。

「ほんとに一体どうなってるの？」

「我にかかればこのようなこと造作もない」

そして今日もふたり組の女子大生を連れてきた霖は、成功報酬のガトーショコラをねだるのだった。

ひたすらスマートフォンで写真を撮りまくっていた女子大生達が帰って店が落ち着いた後、玲奈は自分の部屋の隣の和室――テレビが置かれ、最近はめっきり霖の私室と成り果てている――にちゃぶ台を出す。

「はいどうぞ」

　要求通りにガトーショコラを持ってきてやると、霖は待ってましたとばかりにどかりとあぐらをかいた。ついでだからと玲奈も休憩することにして、同じく自分の作ったガトーショコラにフォークを入れる。

　早速一口目を口に運べば、外側はさくっと香ばしい。舌に乗せればほろりと崩れ、中心のややレアな部分がとろりと濃厚なチョコレートの味を伝えてくる。

　ベースとなるチョコレートは特徴の異なる二種類を使用しており、ひとつはベリー系の爽やかな酸味が特徴のもの。もうひとつは、カカオ分が高く苦味とチョコレートの風味を強調するものだ。これらをある比率で合わせて使うことで、ほろ苦さと香り高い風味を併せ持つガトーショコラができ上がる。

　数え切れないほどの試行錯誤が生んだ、玲奈の自信作《スペシャリテ》だ。

（こんなにおいしいのに、売れないんだよなあ……）

　しんみりとする玲奈の隣で、霖は皿の上の一ピースをあっという間に平らげてしまった。

「あはは。おじいちゃん、口の端が汚れてるよ」

　この男はわがままで尊大だが、玲奈のスイーツをいつもおいしそうに食べてくれる。

たくさんの人を笑顔にしたいという玲奈の夢を、少しだけ叶えてくれている。

玲奈が口の端についた食べかすを拭ってやると、霖は「はて」と何かを思い出してフォークを置いた。

「そういえば、ここ数日あいつが来とらんな」

「七弦のこと？」

霖がこの屋敷に居着いてから、七弦が店を訪れる回数が増えた。本人は「仕事だから」と言うものの、玲奈の部屋の「蛇避けの結界」をまめに張り直したりと、明らかに業務外のこともしてくれている。

「国家公務員って私達が思ってるより忙しいんだよ。しょっちゅう夜中にタクシーで帰宅してるって言ってたし、だいぶ無理して時間を作ってくれてたんじゃないかな……」

七弦が所属する陰陽局は、その特殊さから常に人手不足だ。七弦はたったひとりで東京全域のあやかし保護重点区域を管理している。今日もメッセージのやりとりをしたが、突然京都への出張が決まったらしくあわただしそうだった。

「あの呪術師《じゆじゆつし》の小童《こわっぱ》と汝《うぬ》はどのような関係なのだ」

「私と七弦の関係？　うーん……」

玲奈と七弦、両者の関係を一番シンプルに表すならば幼馴染だ。お互いが五歳の頃から縁がある。

だが実際のところ、ふたりが子供の頃直接会った回数はそれほど多くない。

玲奈は生まれも育ちもここ東京・武蔵野市で、七弦は元々、京都出身なのだ。安倍晴明の一族は、今も京都を本拠地としている。だから彼が東京の大学に進学するまでは主にメールで、その前は手紙で文通する清くも初々しい仲だった。

（「友達」って表現するのは少し寂しい……。七弦はもっと、特別な存在だから）

かといって恋人でもない。改めて問われると、その間柄は言葉では形容しにくい。

「やっぱり幼馴染、かなぁ」

長い時間をかけて育んできたふたりの関係を上手く言語化できず、玲奈は腕組みした。

「七弦はホラ、安倍晴明の子孫でしょ。私の先祖の芦屋道満とはライバル同士だったんだって。あっちの家はずっと京都だから、一箇所に定住しなかった芦屋家と交流はなかったみたいなんだけど……。私が生まれてからは、『年の近い子供がいるから』って向こうから訪ねてくるようになったとか」

はるか昔に父親から聞いた話を思い返しながら、「右鬼と左鬼は千年前のことまだ恨みに思ってるみたいだけどね……」とつけ加える。

平安時代に力ある陰陽師として名を馳せていた安倍晴明と芦屋道満。両者は時の帝の前で呪術《じゆじゅつ》勝負を行ったことがあるという。

伝承によれば、帝はみかんの入った箱を用意し、中身の見えない状態でふたりに中身を占わせた。すると道満は「みかんである」と答え、晴明は「ねずみ」と答えた。

居合わせた者はこの時皆、道満が勝ったと思ったであろうが——なんと箱を開けるとみかんは消えており、中から飛び出してきたのはねずみだったそうな。

結果、道満は勝負に負けてしまった。右鬼と左鬼はこれを「安倍晴明が卑怯な手を使った」と主張しているが、真偽は定かではない。

この伝承が下敷きとなっているからだろうか。後の世の創作《ものがたり》で芦屋道満は「安倍晴明のライバル（しかし実力は一歩劣る）」「安倍晴明にやり込められる悪役」などといった描かれかたをされることが多く、右鬼と左鬼は常々腹を立てているのだ。

これが、双子が七弦を冷遇する理由のひとつでもあった。

「なるほど、対立する家と家。……つまりあれだ、『ろみおとじゅりえっと』か」

「そんな外国のお話をよく知ってるね」

「昨日『おはなしのまち』で観たからな」

どうやら昨日は子供向けの教育番組を観ていたらしい。霖はうむうむと得意げに頷いた。

「じゅりえっとの『キャピキャピ家』と、ろみおの『もっとギューして家』が争う話ぞ。……ほれ、汝《うぬ》とあの小童《こわっぱ》に似ておろう」

「そ、そうかなあ……？」

　正確には「キャピュレット家」と「モンタギュー家」なのだが、教養の足りない玲奈が知る由もなくツッコむ者はいなかった。

「しかし、聞けば聞くほどわからぬな。千年続く呪術師《じゅじゅつし》の家系の生まれである汝《うぬ》が、なぜ家業を継がぬのだ？」

「なんでって、私自身がパティシエールになりたいと思ったからだよ。それに――」

　――私は、落ちこぼれだから。

　玲奈は困った顔で笑った。

「霖だってわかるでしょ。私には全然霊力がないって」

「たしかに、はじめて会うた時はそう思うたがな」

「でしょ？　だから私は……」

「そのような戯《ざ》れ言《ごと》で我をごまかせるとでも思うたか？」

　突然、研ぎ澄まされたように霖の声が低くなった。

　そして、あっという間に玲奈の視界は空転する。どしんという振動と共に背は和畳に押しつけられて、格子の古ぼけた天井が目に入る。

　数秒の後、押し倒されたのだと脳が理解した。

「えっ？　な、なに？」

戸惑うよりも先に、霖が覆い被さった。視界は彼の美しい顔で遮られる。驚いて目を見開くと、彼の真紅の瞳が凶悪に揺らいで玲奈を掴んだ。

「汝《うぬ》の生み出す甘味が、なぜ斯様《かよう》に甘美なのかが不思議だった。だが汝《うぬ》から名をもらい、魂の繋がりを得た今、我にはそれがわかる」

ほんの少し前までのんきに会話をしていたはずの霖が、まるで別人のようだった。獲物を捕らえてぎらぎらと輝く赤い瞳。その妖艶さは、彼が人ならぬ存在であることをたしかに示していた。

「汝《うぬ》の作る菓子には、汝《うぬ》の澄んだ魂から出づる霊力が練り込まれておる。霊力がないというのは嘘であろう。——のう、玲奈？」

それはまるで呪文だった。

いつもは「芋」としか呼ばない霖が玲奈の名を口にした途端、その声は蔦《つた》のように絡みついて玲奈の四肢を縛った。玲奈が見上げた血のように紅い双眸《そうぼう》は、彼女を閉じ込め爛々《らんらん》と輝きを増す。魂まで囚われて、反抗の意思すら封じられる。

「玲奈」

吐息交じりにもう一度呼ばれて、身体の奥が震えた。

「汝《うぬ》の魂が欲しい。汝《うぬ》の甘露がごとき霊力、そしてそれを生み出す稀なる魂。喰らえば極上の味がするに違いない。……我はそれが欲しい」

霖の口から赤い舌がちろりと見え、その隙間から人としては尖りすぎている真っ白な犬歯が覗く。

自分が頭からバリバリと喰われる様が頭によぎり、玲奈はあわてて首を振ろうとした。だが、上手く身体が動かない。

「っ……よくわからな、けど……やだ」

拒絶の言葉を絞り出す。けれど霖は気にも留めず、力の入らない玲奈の右手を取った。肌の感触を確かめるように手の甲に唇を寄せ、中指の先を甘く食む。

「そう構えるでない。先っちょだけで良いぞ」

「は？　魂に先っちょとかあるの？」

「細かいことは気にするな」

「や、やだよなんか痛そうだし」

「望みとあらば佳《よ》くしてやる」

「やだってば！」

このままでは本当に喰われかねない。

玲奈が必死に肩に力を込めると、ようやく身体が畳から剥がれた。なんとか霖の胸ぐらを押し返そうとはするものの、びくともしない。先ほどから心臓は警告音を発し、ものすごい早さで脈打っている。

「え、ちょっとほんとに冗談はやめ」

「おーいお嬢、ちょっといいか？　備品の発注の件なんだが——」

がらり。

ちょうどその時、廊下を隔てるふすまが開いて、出入りの業者宛の発注伝票を手にした左鬼が現れた。

——そこに広がる光景は、仰向けに倒れた己が主と、それに覆い被さる不埒者《ふらちもの》。

ぼっ、と音がして、左鬼の左手の中の伝票は灰塵《かいじん》と化した。

「ぶっ殺す！」

次の瞬間。容赦ない怒りの叫びと共に、左鬼の拳は炎を纏い霖に襲いかかった。

霖が少し身を竦めて避けると、そのまま燃える拳は直線上の畳に突き刺さり、綺麗に丸い穴が開く。

「テメェ消し炭にしてやんよ！　そこに直れ！」

「近頃の鬼は冗談が通じんな……」

「わ～！　左鬼やめて！　家が燃えるっ！」

赤髪を燃えたぎらせ、全身から発火しそうなほどヒートアップする左鬼と、腕組みしたまま涼しい顔で後方に飛び退く霖。

玲奈は再度殴りかかろうとする左鬼の脚にしがみつき、必死にそれを押し止めた。

結局、玲奈の取りなしもあって燃えたのは畳一枚だけで済みはしたが、それだけで主を手籠めにされかけた左鬼と右鬼の怒りが収まるわけもなく。

その後、芦屋家では緊急家族会議が開かれることになった。

会議といっても、内容は主に双子が霖を糾弾する時間だったが。

彼らに「二度と溶けぬ氷漬けにして土中に埋める」「跡形もなく燃やす」と詰められて、さすがの霖も一応、玲奈の魂を喰うことは諦めたらしい。

なんとか丸く治まりはしたけれども、霖が双子の許可なく玲奈とふたりっきりになることは金輪際禁止に。さらに罰としてガトーショコラはしばらくお預けの沙汰となった。

「まあ良い。魂は一度喰らわばなくなってしまうが、菓子は汝《うぬ》さえおればいくらでも食えるからな」

「ひとを卵を産むニワトリみたいに言わないでくれる？」

「ふっ。ただの鶏《くたかけ》ではない。金の卵を産む鳥よ」

「褒められた気がしないなあ……」

その日の深夜。

布団に入った玲奈と隣の部屋の霖は、閉め切ったふすま越しに会話をしていた。

玲奈の部屋には七弦考案の「蛇避けの結界」が厳重に張り巡らされているので、霖はふすまの縁に触れることすらできない。

「それにしても、霖が引っ張ってきたお客さんは、みな霖の霊力に誘導されてたんだって聞いてなんだかガッカリ」

霖の客引きの成功率が異様に高かったのは、みんな彼の眼力で暗示をかけられていたからだという。店の魅力ではなく、ただ不思議な力に惹かれていただけなのだと知った玲奈の落胆は大きかった。

「お客さんが来てくれたのはうれしかったけど、ズルしたみたいな気分……」

「我とて人心を意のままに操れるわけではない。ほんの少し、この店を気に留めるよう仕向けただけだ。あやつらが店に入り、何かを食したのはあくまであやつら自身の意思よ」

(もしかして、慰めてくれてる……?)

上辺はそっけない霖の言葉を、玲奈はなんとなくそう受け止める。

「うん、ありがとう。霖の連れてきてくれたお客さん達、また来てくれるといいな」

ふすまの向こうから、「そうか」と穏やかな返事が返ってくる。玲奈はやはり、その一言にほんの少しだけ彼の優しさを感じた気がした。

「おやすみ霖。明日から気持ちを入れ替えてがんばろうね」

しかし。

玲奈の前向きな決意をよそに、翌日からカフェ9-Letters《ナインレターズ》は大混乱に陥るはめになるのだった。

◇◇◇

一夜明け、まだ人影の少ない東京駅。

内閣府陰陽局東京本部に籍を置く国家公務員の幸徳井七弦は、同局京都支部から出張と言う名の呼び出しを受け、朝一番の新幹線の車内にいた。

「今どきネットなり電話なりいくらでもやりようはあるだろうに……。いちいち呼び出しだなんて、京都の連中は頭が平安時代で止まってるんじゃないか？」

悪態をつきながら、グリーン車のシートを深く倒す。

内閣府陰陽局。

古くは陰陽寮《おんみょうりょう》と呼ばれていたその組織は、古来より占術や祈祷をもって国に導きを与えてきた陰陽師の国家機関だ。

表向きは明治時代に廃され、現在は存在が秘匿されているこの官庁は、その実、日本国内閣府の直轄機関として未だ健在である。

そして国の根幹の人事に、政治判断に、絶大な発言力を有している。この国を裏で動かしていると言っても過言ではないのだ。

この陰陽局は土御門《つちみかど》家──安倍晴明直系の一族──と、その分家にあたる少数の人間によって占められている。

七弦は元々、陰陽頭《おんみょうがしら》として代々組織をまとめる土御門家の当主の次男として生まれた。つまり世が世なら公家、あるいは華族と呼ばれた生粋の御曹司である。

十三歳で分家の幸徳井家に養子に出されたため現在は「幸徳井七弦」と名乗っているが、これはそれぞれの分家が強い霊力を維持し、次代へ血と力を繋ぐためのお家事情からであった。

「京都のやつらはこっちが出向くのが当然だと思ってる。やることが嫌味ったらしい上におおげさなんだよな。ったく……」

陰陽局は便宜上、七弦のいる東京・永田町が本部で京都は支部とされている。

しかし実態は逆だ。土御門家の支配する京都支部が実権を握っており、東京は外様《とざま》。何をするにも京都のお伺いを立てねばならない。

七弦は東京本部で一番の若手ではあるものの、土御門家直系の血筋ゆえ、京都に対して面と向かって文句を言える数少ない人間だった。

京都支部の所在地は、京都の北東《うしとら》である比叡山のふもとである。

分厚いコンクリートの塀に隔てられた物々しい空間に、モダンな四角い低層ビルが建っている。平安の昔から存在する組織の在処とは、一見にはわかりようもない。

始発の新幹線で東京を発って、ようやく着いたのは午前九時頃だった。

七弦はその足で京都支部長、つまり実質的に陰陽局の長である陰陽頭の執務室を訪ねる。大きな両開きの扉の前で立ち止まると、静かに三度ノックした。

「どうぞ」

中からの応答を確認して扉を開く。部屋には大きな執務机が中央にあり、式盤や天儀など陰陽師特有の道具がそこかしこに無造作に置かれているのを除けば、一般企業のそれと大きな違いはない。

革張りのハイバックの執務椅子に座り、ひらひらとこちらに手を振るのは七弦によく似た若い男だった。

「や、久しぶりだね七弦」

「突然呼び出して一体なんの用だよ兄貴」

七弦が吐き捨てると、男はニコ、と柔和な笑みを浮かべた。

当代の陰陽頭として、平安より脈々と続く安倍晴明の一族を率いるのは、土御門梓弦《つちみかどしづる》――七弦の実の兄である。

七弦と同じ色素の薄い髪、灰がかった瞳。中性的な美しさの中にも凛々しい空気を纏う七弦に比べ、兄・梓弦はいかにも人当たりのよさそうな物腰柔らかな人物である。

「いやあ、ちょっと耳に入れておきたいことがあってさ。オフレコの話」

「なんで俺に……」

陰陽師としての実力は群を抜いているとはいえ、七弦はまだ入局二年の新人だ。陰陽頭から直々に指示を出されるような立場ではない。

面倒事を押しつけられる予感しかしなくて、七弦の顔は苦りきっていた。

「今月の頭に、西日本ですごい雨が続いていたろ？」

「ああ。東京《こっち》でもそこそこ降ったけど、西日本は大変だったみたいだな。山陰の方は土砂崩れがあったって」

「実はあの大雨で、出雲《いずも》の神祠《しんし》や霊跡《れいせき》がいくつか壊れちゃったんだよね」

あっけらかんと述べるが、出雲《いずも》――つまり島根県といえば、神代より様々な伝承が残り、強力な神やあやかしを封じ祀った祠や遺跡が多く存在する。

「それはまあおおごとだな。しかも神在月《かみありづき》に」

「だろう？」

今月は十月。旧暦では神無月と言うが、出雲《いずも》のあたりでは神在月と呼ばれている。神在月には全国から八百万《やおよろず》の神が出雲《いずも》へ集まるとされており、そのようなタイミングで神代の封印のバランスを欠くなど、どんな神の怒りを買うかわかったものではない。

「まあ、京都《こっち》から派遣した人員で結界やらの霊的な綻びは再構築を進めてるんだけども。ひとつ大きな問題が残っててさ」

梓弦はくるりと執務椅子を半回転させると、ブラインドの隙間から窓の外を見た。

「――やつの封印が解けた」

「やつ？」

梓弦は無言で天井を指差す。七弦がつられて上方を見ると、執務机のペン立てに刺さっていた一本の水鳥の羽根がふわりと浮いた。

羽根は光を帯びて、部屋の宙に霊力の緑がかった文字を書き示す。

そこに浮かび上がったのは、とある伝説上のあやかしの真名《まな》。

「……！」

思わずその名を読み上げかけた七弦を、あわてて梓弦が制した。

「ストップストップ。口に出さないでよね。畏れをもって真名《まな》を呼べば、それだけでやつに力を与えることになりかねない」

「……」

七弦が無言で頷くと、浮いていた羽根は光を失い、梓弦の手の中に収まる。

「わかったでしょ？　オフレコな理由。こんなのが内閣の連中の耳に入ったら大混乱だよ」

いや～困ったね、と屈託なく笑う兄は、この状況を楽しんでいるのではないかとすら思えた。

「俺にどうしろって言うんだよ」

やけくそ気味に問うと、梓弦は急に笑顔を止めた。持っていた羽根の先を七弦に向け、険しい目付きで見据える。

「やつの本分はすべてを呑み込む闇であり水だ。山陰から関西を覆っていた雨雲は、後に関東──東京へ移動した。その後の足取りは掴めていないけど、僕は今も、やつは東京に潜伏していると思っている」

つまり、今月の激しい雨はそのあやかしの封印が解けたせいだと言うのだ。

災害級の天変地異をもたらす存在など、七弦も記録でしか見たことがない。

「七弦、きみは都内各所に式神を置いてあやかしを監視しているだろう？　何か異変があれば、速やかに報告してほしい」

「……わかった」

ひとつ心に生まれた引っかかりを、七弦は口に出すことなく呑み込んだ。

確証なく話すべきではないと思ったのだ。ひとりそれらしき存在に心当たりがあるとは。

「雨が先か、封印が壊れたのが先か、今となってはわからない。だが決してひとりで動かないでくれよ。封印から這い出たばかりで力が十分でないとはいえ、相手は神話上の生き物なんだから」

最後の兄の言葉を反芻しつつ、七弦は執務室を出た。

廊下を歩きながら左腕の時計を確認したところで、スーツの上着の胸元が淡く輝きだした。内側のポケットから革製のスマートフォンのケースを抜き取り開いて、スリットから光の元を取り出す。

それは文字のようなものが筆書きされた札――呪符《じゅふ》だった。

七弦があやかし保護重点区域に定点カメラのように張り巡らせている式神の目《ネットワーク》。何か異変が起こった際に、この呪符を通して連絡が入るようになっている。

「応示《こたえしめせ》」

異変があれば速やかに知らせろ、というつい今しがたの兄の言葉がよみがえる。緊張の面持ちで開放の言霊を発すれば、呪符《じゅふ》はまぶしく輝いて貌《カタチ》を変えた。

七弦の操る式神のひとつ――カラスより一回り小ぶりな、一羽のカササギである。

腕に留まったカササギがカァカァとしわがれた鳴き声で何かを訴えると、七弦の片眉は跳ね上がった。

「玲奈の家が——カフェ9-Letters《ナインレターズ》が大繁盛してるって？　……いやまあ、たしかに異変といえば異変ではあるけど……」

万年開店休業状態のあの店に、客が増えたなら喜ばしいことだ。

まあ一応確認しておくか、と目をつぶって現地の式神《カササギ》と意識を同調させると、遥か上空から芦屋家の敷地を見下ろす画《え》が七弦の意識に流れ込んだ。

灰色の瓦屋根。よく整えられた庭木。モルタル塗りの塀。

一見いつもと変わらないその外観に——

「なんで急にこうなった⁉」

玄関から敷地の外まで続く大行列ができていた。

カササギの目を通じて芦屋家の異変を感じ取った七弦はまず、玲奈にスマートフォンでメッセージを送った。

『何かあった？』

レスポンスがあったのは、帰りの新幹線が東京に着こうかという頃だった。目がぐるぐる巻きになっているうさぎのスタンプがひとつだけ、ぽんと画面に飛び込んでくる。

いつもなら必ず一言添えてくるはずなのに、それもできないほどの状況なのか。

「行ってみるしかないか……」

　とはいえ、陰陽局のデスクにはやりかけの仕事が積まれたままだ。

　仕方なしに一旦帰局して、終業時刻になると同時に庁舎を飛び出す。定時上がりはかなり久々だが、今日は始発で出張だったのだから誰にも文句は言わせない。

　そうして、七弦はどうにかこうにか閉店一時間前の午後六時過ぎに9-Letters《ナインレターズ》にたどり着いた。

　さすがに昼間視たような長蛇の列はなかったので、ひとまず胸を撫で下ろす。

　門扉をくぐり、飛び石をたどって玄関へ向かう。右手には見事な枝振りの黒松が鎮座し、この屋敷の歴史の一端を感じさせる。左を見れば、すでに日が落ちて暗い庭に室内の明かりが漏れている。七弦のお気に入り、座卓が並んだ広縁の窓辺が外から目に入り――

「は⁉」

　夕方過ぎにもかかわらず、いつもガラガラのはずの店にびっしりと人がいるのが見えた。目を疑う光景に、七弦はあわてて駆け出す。

　玄関戸を開けると、客用の下駄箱に収まりきらないほどの靴が並んでいた。ぱっと見たところ女性のものが多い。店内からは人の気配があふれ、どうにも賑やかだ。

「おいおいなんだ……どうしたんだ……？」

七弦は玄関隅の空いたスペースに自身のよく磨かれた革靴を揃えて並べた後、店内と玄関を隔てる格子の引き戸を開ける。

「あー！　なつるぅぅう……」

開口一番、七弦を出迎えた玲奈の口から出たのは泣き言だった。両手に持ったトレイには、今しがた客席から下げてきた皿とカップが積まれている。

「ど、どうしたんだこの客？」

「わかんない……わかんないけど今日は午前中からずっとこの調子で……」

「玲奈さま、話している暇はありませんよ。七卓にブレンドツーです」

「ハイ、ただ今！」

右鬼に指示されて、玲奈はあわてて持っていたトレイをキッチンに下げると新しいトレイにコーヒーを乗せた。

カウンターの中で複数のサイフォンを火にかけつつ、玲奈を顎で使う右鬼はまるで司令塔だ。どっちが主人だかわかったもんじゃないな、と七弦は心の中でツッコんだ。

そうこうしている間にも、別の卓からすいませーん、と店員を呼ぶ声がする。

「し、少々お待ちください！　うう、どーしよ……下げ膳《バッシング》が追いつかない……」

元々あまり要領がいいとはいえない玲奈は、混乱して右往左往している。

左鬼はキッチンに入ったまま出てこられないらしく、明らかに人員不足だ。

「あ～、もう。しょうがないなあ！」

見かねた七弦はとっさにカウンターに置かれたトレイと台拭きをひっ掴むと、すでに客が去ったテーブルを片付けるため客席に向かった。

そして、夜七時半。

閉店時間が過ぎ、ようやくすべての客を追い出してから、七弦はハァ～とその場にしゃがみこんだ。

「七弦、おつかれさま。本当にありがとう！　超助かったぁ～！」

客に揉みくちゃにされてお団子頭がぺちゃんこになっている玲奈は、それでも精いっぱい七弦をねぎらう。

「ああ、うん。気にしないで」

「バイト代払うよ！」

「いや、いいよ……公務員は副業ダメだから……」

「そっか。じゃあ今度何か別の形でお礼するから、何がいいか考えといて？」

「……別に、いいって」

お礼にデートしてくれ、なんて言うのはさすがに卑怯だよな……と、七弦は頭に浮かんだ言葉を呑み込んだ。

ハァ、と再び息を吐いて腕時計を見る。すると、廊下の向こうから何者かがのしのしと大股で歩いてくる音がした。

「ようやく静かになったか。騒がしくておちおち『フロリダ科学捜査班　死体に隠された謎を追え』も観ておれなんだ」

「霖！」

廊下の北側から、いつも通り気だるげな調子で煤竹《すすたけ》の着流し姿の霖が現れた。

「おい芋子、夕餉はまだか」

「ねえ、これどういうこと？　もしかして今日のお客さん達も、霖の力なの？」

「知るか。我が報酬もないのに余計な労力を使うわけがなかろう」

「だよね！　聞いて損した！」

まったくブレない霖の答えにつられてか、それまでげっそりとしていたはずの玲奈もいつもの調子を取り戻してアハハと笑う。

七弦はこの日はじめての玲奈の笑顔が他の男に向けられていることに複雑な気分を抱いたが、表情には出さなかった。

「こちとらてんてこ舞いだっつーのに、手伝う気配も見せやがらねえ……」

「左鬼、霖に何かを期待しちゃダメだよ。こういう人だもん。それもそうだけど霖、そんなに一日中テレビばっかり観てたらほんとにボケちゃうよ？」

「我が生きてきた永い刻《とき》を思えば、どらまの一シーズンや二シーズン、瞬きくらいの時間にすぎぬ」

そのやりとりの間スマートフォンとにらめっこしていた七弦はふと、あることに気がついた。

「ねえ、玲奈」

呼びかけると、霖と今晩の夕飯のメニューについて議論していた玲奈が振り向く。

「なあに？」

「理由がわかった」

「え？」

「お客が殺到した理由。……ほら、見て」

玲奈が脇に寄ってきて七弦のスマートフォンを覗くと、それは写真などを投稿して共有する若者向けのＳＮＳだった。

七弦が指差したのはひとつの画像。この店の住所が紐付けられた投稿に、どアップでふんぞり返る霖が写っている。

「は……？」

投稿日は昨日の日中。ちょうど霖がふたり組の女子大生を連れてきた時間帯だった。

だが、繋がっている投稿はそれだけではない。

ドリンクカウンターの中でサイフォンの火を見つめる右鬼。シャツの袖をまくって二の腕を露わにする左鬼。今日新たに別の客が撮ったらしいものまで、たくさんの男三人の写真が並んでいる。

「どうやら『えげつないイケメン店員がいるカフェ』ってことで話題になってるらしい。えげつないって……たぶん誉め言葉、だよな」

「イケメン……カフェ……」

玲奈は言葉を失って座卓に突っ伏した。

七弦は画像をひとつひとつ確認して、ゆっくり画面をスクロールさせてゆく。

「来てた客、ほとんど女の人だったろ？　それに運ばれたメニューを撮るふりしてコソコソと店内の写真を撮ってるからまさかとは思ったんだけど……」

さらに読み進めていくと、この小一時間ほどの間にテーブルを片付ける七弦の写真までもが紐付けられて投稿されていた。ご丁寧に「スーツのイケメン発見！」と投稿文が添えられていて、七弦は海よりも深いため息が出る。

「こういうのってだいたい一過性だから、しばらくしたら落ち着くとは思うけど……。まあ、きっかけはなんであれ、お客が増えたのはよかったんじゃないか？」

同意を求めて玲奈の表情を窺うと、難しい顔で固まっていた。

「玲奈？」

「うん？　……あ、そうだね。こんなのはじめてだから戸惑っちゃって……。でも明日からもこんな調子だったらどうしよう。人手が足りないよ」

「僕は仕事があるからな……」

「ううん、大丈夫だよありがとう。なんとかする」

そう言うものの、口元に手をやり瞳を揺らす様から動揺しているのがわかる。

こうなったら。七弦はふう、と息を整えると、玲奈から少し距離を取った。

スマートフォンのケースに折り畳まれていた呪符《じゅふ》を取り出して、二本指で挟んでなぞり、広げる。札ごと指を唇へ寄せると、七弦の錫色《すずいろ》の瞳は霊力の淡い光を湛えて輝き出す。

「――言祝《ことほ》ぐは浄蓮《じゅうれん》の使者、昏闇《こんあん》になお輝く華胥《かしょ》の暁」

歌うように呪《じゅ》を紡げば、札に描かれた文字が青白く浮き上がる。札は七弦の手を離れふわりと浮いた。次いで素早く両手で印を結ぶと、札は光の塊に変わる。

「召応盟約《めいやくにおうじ》、顕示臨界《りんかいせよ》――来い、明星《あかぼし》」

「はぁ～い。呼んだ？」

やけに明るい声と共に、ぽんっ！　と光が弾けた。

玲奈がまぶしさに目をつぶるのと同時、七弦の喚《よ》びかけに応じ宙から妖艶な美女が飛び出してきた。

身体のラインを惜しげもなく晒した薄手のドレスに、うなじが覗くほど短い黒髪。

代々幸徳井家に仕える七弦の式神、「絡新婦《じょろうぐも》」の明星である。

「久しぶり、明星。明日からしばらくこの店を手伝ってやってくれないか」

七弦の言葉に、明星は柳眉を逆立ててそっぽを向いた。

「ハァ？　なんでアタシが芦屋の屋敷なんかを……ヒッ」

明星が逸らした視線の先に、霖が立っていた。

途端に明星は怯えを見せ、七弦の後ろに隠れてしまう。

「ちょっとちょっと……なんであんなのがこの屋敷に居るワケ……？」

「経緯は色々あるけど、あいつは今回の件には無関係だ。そして役にも立たない」

「い、イヤよ。圧がすごくて息苦しいし落ち着かない」

「これは命令だ」

小声で言い合う七弦達の正面に玲奈がやってくる。そして深々と頭を下げた。

「明星さん、お願いします」

明星にとっては玲奈が泣こうがわめこうがまったく関係ないが、主である七弦の命令は絶対だ。

「ったくもォ……。久々に呼んでくれたと思ったら人遣いが荒いんだからうちの坊っちゃんは……」

明星は再び明後日を向くと、すたすたと歩いて霖から一番遠くの客席に艶かしい脚を投げ出し座った。一応了承はしたらしい。

それを確認して、七弦はゴホンとひとつ咳払いをする。

「明星は好きに使っていいから。後は……そうだな。少し霊力で磁場を乱しておこうか？　そうすれば、勝手に写真を撮られてもノイズが入る」

七弦は首の後ろ辺りを掻きつつ、なるべく平坦にそう告げた。できるだけ恩着せがましくなく、スマートな調子になるように。

「ううん。明星さんのお手伝いだけで十分だよ。七弦、本当にありがとう」

ようやく玲奈が心からの笑顔を見せたので、七弦もやっと、霖へ感じていた小さな嫉妬心を安堵で塗り替えることができたのだった。


それからの数日、カフェ 9-Letters《ナインレターズ》 は過去最高の売り上げを更新し続けた。

意外にも仕事に手を抜かないタイプだった明星は、客あしらいが上手く、ホールさばきも完璧だった。

さらに盗撮しようとする者を目ざとく見つけては笑顔で牽制して回ったので、SNSで双子達の画像が拡散されることもなくなり――喜ぶべきか、週末を越えると客足は減少に転じていた。

そして約十日が経過したある夜、閉店後のキッチンにて。

玲奈は洗い物の溜まったキッチンのシンクの前でため息をついていた。

右鬼と左鬼は現在、それぞれ会計やホールの片付け中である。明星は閉店してすぐ、七弦に報告するからと闇に溶け、消えた。

七弦は明星を預けた日以降、忙しいらしく店には現れない。それでもまめにメッセージをくれるので、気遣いがありがたかった。

その時ふと、窓辺の卓上ホルダーに置いてあったスマートフォンが鳴る。着信相手は美優だった。

『玲奈〜！　例の投稿見たよ。お店めっちゃバズってんじゃん』

「あはは……。おかげさまで」

「えげつないイケメン」の店員ふたりと、「たま〜に店頭に現れるレアキャラの和服姿のオーナー」とやらのおかげで——とは言わないでおいた。

『うれしい悲鳴って感じ？　これを機にガンガン売り込んじゃいなよ〜！　やっぱ今の時代は宣伝力がモノを言うんだって！』

「そう、だね。お客さんがたくさん来てくれて喜ばないといけないんだけどな……」

ちらりと後ろの作業台を振り返る。積み上がった下げ膳の皿の上に、ほとんど手のつけられていない洋梨のタルトが残されていた。

連日やってくる女性客達は、ここをホストクラブか何かだと思っているらしい。

迫力ある美人の明星はともかく、玲奈がオーダーを取りに行こうとするとあからさまに嫌そうな顔をされるので、しょうがなくキッチンに専念していた。

さらに玲奈を憂鬱にさせているのが、彼女達のマナーの悪さだ。

多くの客が「映える写真を撮るため」という理由で、テーブルに乗り切らないくらいのメニューを注文する。それ自体はありがたいのだが、結局食べ切れずに残されるケーキが後を絶たない。

「うん、うん……ありがと。じゃあまた今度、帰国したら遊びに来てね」

美優を始め、連絡をくれた友人達が純粋に今回の騒動を喜んでくれているのがわかるだけに、玲奈の胸中は複雑だった。

電話を切り、はかどらない手で洗い物を片付けていると、どすどすと何者かがこちらへ向かってくる足音がする。

キッチンの引き戸が乱暴に開かれると、立っているのは霖だった。

「おい、芋子。今日の汝《うぬ》が作った味噌汁、不味いぞ」

「へ？」

「不味い」

「いつもと同じに作ったんだけど……」

突然やってきて何かと思えば、昼食に作った味噌汁のダメ出しである。

玲奈が困惑気味に返すと、霖はずかずかとキッチンに入り込み、無言で玲奈の後ろにある客の食べ残しの洋梨タルトを掴んで、食べた。

「あっ、ちょ……！」

さすがに食べ残しは衛生的にどうなの、と玲奈が止めようとするも、ほとんど一気に丸飲みにしてしまった霖は顔をしかめる。

「いつもの汝《うぬ》の味がしない」

「え……？」

霖は眉間に皺を寄せ、玲奈の心の中まで見通そうとするかのように美しい顔を近付けた。

「おい、魂が濁っておるぞ。なんぞ、日頃と違うのではないか？　それともあれか、月のものか？」

この忙しい中、あやかしにとって娯楽でしかない食事をわざわざ用意してあげているだけでも感謝してほしいというのに、わざわざやってきて文句をつけるだなんて。その上堂々とデリカシーのない発言をする霖に、玲奈はいら立った。

「何も違わないよ。強いて言うなら忙しいせいでしょ。私の店が過去イチ繁盛してるおかげで！」

つい感情的になって、シンクの縁を叩く。ためていた水がぱしゃんと跳ねて、玲奈の顔にかかった。しかし玲奈の内心の怒りをまったく介しない霖は、「うん？」と不思議そうに顔を傾ける。

「食い物さえいつも通りに作れるのならかまわん。汝《うぬ》の作る料理や菓子が、その澄んだ魂の味で我が六腑《ろっぷ》を満たすのならば。――して芋子よ、なぜ今日の味噌汁は味がしないのだ？」

まったく飾らない、まっすぐすぎる霖の言葉。それが今の玲奈には疎ましくてしょうがなかった。

「おとーふ、いる？」

「あ～もう！　うるさいなぁ！」

自分でも制御できない怒りに任せて振り返る。その際、玲奈の腕が何かに当たって跳ね飛ばした。ぐしゃりと柔らかいものが潰れる感触が手に伝わる。

「あ……、えっ？」

「……おとーふ、いらない……？」

玲奈の手に当たって床に落ちたのは、いつの間にか室内に入り込んでいた豆腐小僧の豆腐だった。

「あ、その……」

ごめんね、そう言おうとした。しかし悲しそうな豆腐小僧はみるみるうちに全身が薄くなってゆき、すぐにキッチンから消えてしまう。

残されたのは、床に落ちて潰れた一丁の豆腐。

「……あ……」

誰にも必要とされず潰れた豆腐が、お客さん達にろくに食べてもらえず、廃棄されたケーキ達に重なって。

悔しさや申し訳なさでいっぱいになって、玲奈の目からぼろぼろと涙が零れだした。

「なぜ汝《うぬ》が泣く?」

この期に及んでまだ玲奈の心情を理解できない霖が、心底わからないといった風に首を捻った。

「……覗かないでよ……」

「?」

「勝手に、暴こうとしないで……人の心を。人間って……。あなたが思ってるほど、単純じゃ、ないの……!」

つっかえつっかえ言葉を紡ぐ。泣き顔を見られたくなくて背けようとすると、霖はそれを許さないとばかりに玲奈の頬を掴み、強引に正面を向かせた。

「我はただ、いつもの味の汝《うぬ》の味噌汁が飲みたいのだ。なんぞ差し障りがあるのならば申してみよ。近頃やけに多い客共が気に食わぬというのなら、我がすべて殺してやっても良いぞ？」

「何を、言ってるの……？」

気に食わないなら殺す。

あまりに容易くそう言ったので、玲奈はこの時はじめて霖という存在を畏れた。

赤い瞳で玲奈を捉えた霖は、優しく、だが凍えるほど冷たい声でささやきかける。

「さあ、言え。汝《うぬ》の望みを。汝《うぬ》の魂を陰らせるものは、ひとつ残らず我が消してやろう。汝《うぬ》の美しい魂、その霊力が生み出す味は至高の甘露。それを損なう者はすべて、我が敵よ」

今、玲奈が一言望みを口にしたなら。

それを本当に叶えようとするであろう危うさが彼の全身から感じ取れた。

自分の作ったケーキをおいしいと無邪気に褒めてくれた彼はあやかしで、決して人とは相容れぬ存在なのだ。そう突きつけられた気がして、その事実はますます玲奈を追い詰めた。

「……そうやって、気に入らないものは全部壊しちゃうの……？」

「汝《うぬ》が望むのならば」

「あなたの望む味を作れなくなったら、私も殺されちゃうの？」

「そのようなことは言うとりゃせん。我はただ……」

「ばか！　霖になんか、絶対頼らないから！」

玲奈は霖の手を強引に振り切ってキッチンから飛び出した。そのまま廊下を挟んで向かいにある自分の部屋に逃げ込むと、ぴしゃりとふすまを閉める。

追いかけてきた霖が引き手に触れようとすると、ばちん、と見えない何か弾いて拒んだ。七弦が玲奈の部屋に張った「蛇避けの結界」の力である。

霖の万物を見通す赤い瞳には、閉め切った部屋の隅で玲奈が声を殺して泣いているのが視える。玲奈の魂が色を失くし、陰差しているのがわかる。

だが霖には、それがどうしてなのか、どうすれば彼女の憂いを除くことができるのかがわからなかった。

◇◇◇

ちょうど同じ頃。

「は〜……今週はキツかった……」

七弦は帰宅して早々、シャワーだけを済ませるとベッドに倒れ込んでいた。

連日の残業で湯船に浸かることすら億劫《おっくう》だった。とにかく身体を休めようと、うつ伏せで枕に顔を埋める。

陰陽師・幸徳井七弦の業務は多岐に渡る。

都内のあやかし保護重点区域の管理の他に、時に星を詠み、政府の求めに応じて物事の吉凶を占う。国を揺るがす怪異が現れたなら、密かにそれを祓《はら》う。

なんとはなしに枕から頭を持ち上げると、ベッド脇のガラス天板のナイトテーブルの上、デジタル表示の目覚まし時計の横に小さな折り鶴が飾られているのが視界に映る。モノクロ基調で統一されたインテリアにそぐわない、若草色の千代紙でできた古い鶴だ。

ちょんと鶴の羽をつついた七弦の顔の横で、スマートフォンが震えた。

『こんばんは！　今日も明星さんが大活躍だったよ！　本当にありがとう』

玲奈からのメッセージだった。文字と共に、ぴょんぴょんと元気に跳び跳ねるネコのイラストスタンプが送られてくる。

それを見て、疲労困憊だったはずの七弦の表情は自然と緩んだ。

返信が早すぎるとまるで待ち構えていたみたいかな、と少し時間を置こうとして、仰向けにごろんと転がる。

「明星、いるんだろ？　状況報告」

天井に向かって話しかけると、虚空からすらりと艶めかしい脚が生え、明星が現れた。妖艶な美女の式神は宙に浮いたまま、ベッドに寝転んだ主を見下ろす。

「やだァ、坊っちゃん。誘ってるんです？」

「んなわけあるかよ。……で、今日はどうだったの？」

七弦の問いに、明星は「ん～」と天井を見上げた。

「相変わらずね。双子の鬼はひたすら機械的に客をさばいて、あの赤眼のあやかしはのんきに奥の部屋でワイドショー観てるだけ。お客はまァ……だいぶ減ったんじゃない？　それでもこれまで潰れかけだったことを考えれば大健闘だと思うけど」

「玲奈は？」

「あの子は……変な娘よね」

明星が宙でしどけなく脚を組み替えるので、七弦は視線を逸らした。

「アタシにまでヘラヘラ気を遣って。あやかしなんて疲れ知らずなんだからアゴで使えばいいのに」

「玲奈は、そういう子なんだ」

「ふぅ～ん。坊っちゃんはあーいう笑顔が能面みたいな娘が好みなワケ？」

「は？」

明星は七弦の上に浮いたまま、退屈そうにごろりと横になる。彼女が玲奈を「能面」と表現したことに、七弦はわずかな違和感を抱いた。

だって、七弦の知る玲奈はいつだって太陽みたいに明るく、表情豊かなのに。

そこでふと、あることに気がつく。

明星を貸していることに気を遣ってか、毎日閉店後にメッセージをくれる玲奈。初日にあれだけぴーぴーと泣き言を言っていた彼女が、その後一度たりとも愚痴を零しているのを聞いていないな、と。

七弦はスマートフォンを手に取って、この一週間で彼女から送られてきたメッセージを過去へさかのぼった。

『今日もお店は大繁盛！　明星さんがいてくれて本当に助かった！』

『右鬼と左鬼が働きづめだからそろそろ休ませてあげたいな』

『霖は相変わらずテレビばっかり見てるよ』

『七弦も仕事、がんばってね』

『ようやく落ち着いてきたかも？　みんなのおかげだね。本当にありがとう！』

そこに綴られていたのは、他人への気遣いと感謝の言葉。玲奈らしいな、と微笑ましい一方で、彼女の心境を表す文字はひとつもなかった。

「もしかして、無理してるんじゃないか……？」

改めて読み返すと、すべてが玲奈の空元気に見えてくる。

「明星、明日は僕も店に顔を出す。閉店近くなっちゃうけど、必ず行くから。玲奈に

「そう言っといて」

七弦はスマートフォンを握りしめ、「明日、行くから」と短く返信した。


そして、宣言通り七弦は翌日の閉店後にカフェ 9-Letters《ナインレターズ》を訪れた。

格子の引き戸を開けて玄関から顔を出すと、カウンターチェアに座って発注伝票とにらめっこしていた玲奈が駆け寄ってくる。

「あっ、七弦！」

「わざわざ様子を見にきてくれたの？　ありがとう！」

「ん、その……大丈夫？」

七弦があいまいな聞きかたで尋ねると、玲奈は笑顔で頷いた。

「うん！　明星さんがすごくがんばってくれてるし、右鬼と左鬼だって大活躍だし」

「いや、そういうことじゃなくてその……。体調とか、メンタル的に、とか」

「私のこと？」

「そう」

玲奈は少しだけ視線を泳がせてから、過剰なくらいにっこりと笑う。

「全然！　へっちゃらに決まってるじゃん。だってこんなにたくさんお客さんが来てくれるんだよ。みんなケーキそっちのけで右鬼と左鬼ばっかり見てるのはもうどうしようもないっていうか。あっ、もちろん霖は相変わらず全然手伝ってくれないんだけどさ、今日たまたまふらっと廊下に出てきたら、お客さんがキャーキャー騒ぎ出すんだもん！　ほんと笑っちゃうよね。もういっそのこと、カーネルおじさんみたいに玄関に立っててもらおうかな～なんて」

「……そっか」

一方的にしゃべり続ける玲奈に、なんと声をかければいいのかわからずに。

七弦はただ一言だけ相づちを打つと、固く握り込まれた玲奈の右手に触れた。いつも繊細な味を生み出すその手が、今はただ虚しく宙を掴んでいたから。

「……うん。そう、それでね、どうせなら右鬼のコーヒーをもっとこう、前面に出してさ。私のケーキは、あんまり食べてもらえなくって。『映《ば》えないから』ってお客さんが話してるの聞いちゃった。ホント、その通りだ。私のケーキ、見た目が地味なんだ……。パティスリーにいた時はもっと、華やかなケーキも作ってたんだよ。コンクールで入賞したこともあるし。でも原価とか時間とかお店の雰囲気とか」

「玲奈」

「私が……力不足で……」

「玲奈！」

七弦は思わず、玲奈の両肩を強く掴んでいた。玲奈がびくりと身を強張らせたところでようやく、自分が無意識に取った行動に気付く。

「えっと。……その」

出した手を引っ込めることもできず、七弦は一旦視線を逸らした。

ふう、と息を整えて、今一度まっすぐ玲奈を見る。

「玲奈。——映画、観よう」

「え?」

「映画を! 観よう!」

肩に乗せた手に力を込めると、玲奈は気圧されてこくこくと頷いた。

「……う、うん、いいけど……。どうしたの? 急に」

「へっ? ……あっ、いや、だからその、それは」

日々デートに誘うタイミングを見計らってシミュレーションしていたのがとっさに出てしまいました、だなんて言えるわけがない。

きょとんとしている玲奈を見ているうちに照れ臭さが勝ってきて、七弦は急にしどろもどろし始めた。

「え、えーと、だからつまり。……玲奈、きみは今、自律神経の働きに不具合が出てて、そう。霊的に言うと、五行のバランスが乱れてる。要はその、今のきみは直線上を等速で動く点Pなんだ」

「……？」

「だからその、たまには立ち止まるべきなんじゃないかと思う。映画を観ると副交感神経が刺激されてリラックスできるだろ？　いや、これは臨床実証されてるわけじゃないから僕の主観なんだけど、でもほらやっぱりはじめてデートするなら映画が自然でいいかな……っていやだからそうじゃなくて！」

上手く納得させようとしてかえって小難しくなった挙げ句、最後の方は本音がだだ漏れになってしまう。それきり言葉に詰まってしまってうんうんと唸りだした七弦を見て、ついに玲奈はこらえきれずに噴き出した。

「ぶふっ、何それ！　全然意味わかんないんだけど！　あははははは！」

「ごめん……」

七弦が真っ赤になって口元を手で覆うと、玲奈は自分の肩に乗せられていたもう片方の彼の手を取った。両手でぎゅうと握って、ご機嫌に上下に振ってみせる。

「いいの、ありがとう。……私も久しぶりに映画、観たいな」

「マジか」

「うん。思い切っていっそのこと、何日か臨時休業にしちゃおうかな？　また前みたいにガラガラになっちゃうかもしれないけど、それはそれでさ」

「そうだね。ずっとがんばってきたんだから、少し休んでみるのもいいと思う」

向かい合い手を握るふたりを、右鬼と左鬼が少し離れた場所から見ていた。
『あの野郎、どさくさに紛れて逢い引きの約束をしてやがるが……いいのか？』
『今回は特別に許可します』
そう念話でやり取りして、目配せし合う。
そしてもうひとり、奥のテーブル席からじっと玲奈を見ているのは霖だった。
「なんだ。――我の時は笑わなかったくせに」
テーブルに頬杖をついて、つまらなそうに独り言ちた。

間章　カササギの繋ぐ橋

今でも鮮烈に思い出せる。

僕、幸徳井七弦が芦屋玲奈とはじめて出会ったのは五歳の時だ。

きっかけは、ある陰陽師がもたらしたひとつの星見。

《風待つ月の隠るる日、東の空にて。夕星《ゆうつづ》は地に降って、弓絃葉《ゆづるは》は雲がかる》

風待つ月とは六月の異名。その月が隠れる日とは新月のことだ。その日に京より東で生まれる子が、巨大な力を持つという占託《せんたく》だった。

この占託《せんたく》に、陰陽局――正確には僕の生家である土御門家――は沸き立った。

霊力の強さは血筋に依る部分が大きい。それゆえ土御門家は代々、力を維持するためにいくつかの分家と法律スレスレの近親婚をくり返していた。

だから僕らの一族には短命な者が多かったし、僕の髪や瞳の色が薄く日本人離れしているのだってそのせいだと思っている。

そこに、霊力の強い外部の血を取り込めるなら――

土御門家は占託《せんたく》の「夕星の子供」を喉から手が出るほど欲したに違いない。

そして、ほどなく子供の正体が判明する。

――それが、玲奈だった。

母親は玲奈を産み落としてすぐに亡くなっていたから、玲奈は物心がつく前から陰陽師の父親とふたり暮らしだったという。

占託《せんたく》の子供がかの有名な芦屋道満の末裔だとわかった瞬間、土御門家はこれまでさんざん「非官人の野良咒術師《じゅじゅつし》」と見下していた芦屋の家にすり寄って、玲奈を引き取り、僕か兄のどちらかと婚約させようとしたらしい。

もちろん、断られたんだけど。

でも結局、土御門家は粘りに粘り続けて、数年かけて僕と兄を彼女に引き合わせることに成功したのだ。

それが、僕と玲奈が五歳の時だった。

兄の梓弦は七つ年上だから、子供の遊びにつき合わされてさぞ退屈だったと思う。

だけど僕の人生は間違いなく、あの時変わった。

あの日、よく晴れた丘の上の公園で。

彼女が振り返ったその瞬間、僕の心は掴まれた。

風に揺れる白いワンピース。柔らかくなびく黒い髪に、零れ落ちそうな真ん丸の瞳。少し離れたところから、今とまったく見た目の変わらない双子の鬼が注意深くこちらを見張っていた。

彼女が特別な存在だということは出会ってすぐにわかった。

玲奈の霊力は膨大でありながら透き通っていて、まったく重さを感じさせない。周囲はまるで透明なガラスか薄氷に包まれたかのように清浄で、彼女の黒髪を通り抜ける風の音すら、シロフォンみたいに澄んでいた。

ああ、そうだよ。一目惚れだった。――悪いかよ。

「はじめまして。これ、あげる！」

満面の笑顔で差し出された玲奈の小さな手を、壊さないように恐る恐る触れた。彼女の手の温もりを伝い、僕の手に乗せられたのは――大きなミミズ。

「ぎゃあああああ！」

「あはは！　ねえ、おままごとしようよ！」

そう言って、ミミズを投げ捨てた僕の手をぐいぐい引いてきたのを覚えてる。

マイペースで人懐っこいところはこの頃から変わってないな。

実際の彼女は最初の儚げなイメージとはだいぶ違ったけれど、彼女の飾り気なく子供らしい部分は、静かな大人に囲まれて育った僕にはとても新鮮に映った。

「はい。ショートケーキ、どうぞ！」

おままごとと称して握った泥団子に、彼女の澄んだ霊力が練り込まれてぼんやりと七色に輝いていたのは衝撃だった。

この風変わりで、けれどとても愛らしい女の子が僕のお嫁さんになるかもしれない。幼い僕の胸は期待に高鳴った。

でも、現実は残酷だった。

東京から京都へ帰る道すがら、両親は僕らにこう言ったのだ。

「あの娘はダメね」

「ああ。恐らく成人まで生きられまい」

その言葉の意味が、当時の僕にはすぐに理解できなくて。

その時は無言だった兄の梓弦が、後で懇切丁寧に教えてくれた。

曰く、「あの子の身体は栓のない蛇口のようなものなんだよ」と。

玲奈の持つ霊力は、たしかに占託《せんたく》の通り膨大だった。

だが彼女は、その霊力を維持し司るための器官が生まれつき欠損していたらしい。

だから玲奈は自分の霊力を体内に留めて巡らせることができず、すべてが湧き出た側から外へ流れ出てしまう。

そして身体はこんこんと休むことなく新たな霊力を生み出し続け、その量が膨大であるがゆえに、結果として生命《いのち》を縮めてしまうことになるのだと。

つまり、玲奈とはじめて出会った時に感じたあの清浄なガラスのような霊力は、周囲の大気に溶け出した玲奈の生命そのものだったんだ。

「あの子を助ける方法はないの？」

「彼女のお父さんが必死に探しているらしいけど……まだ糸口は掴めていないみたいだね。永らく親交のなかった土御門家と引き合わせる決心をしたのも、うちに伝わる安倍晴明の秘術の情報が欲しかったんじゃないかな」

その時、僕は幼心に決意した。

陰陽道を極めて、土御門家の当主になる。玲奈を救う方法を見つけ出し、僕が玲奈と結婚するのだと。

――まあ、奮闘虚しく土御門家は兄が継ぎ、僕は幸徳井家に養子に出されることになるわけだけど……

それに今もって、僕は玲奈を助ける方法を見つけられていない。

両親も口では「あの娘はでき損ないだ」と腐していたが、玲奈の霊力、外部の血筋はやはり欲しかったらしい。

「若いうちから妾《めかけ》にしておけばひとりくらいは産めるかも」とか品のないことをのたまって、表面上は「子供同士の交流」とうそぶきつつ、芦屋家とのつき合いを続けた。

「ねえねえ、七弦。クッキーを焼いたんだよ。誰にも手伝ってもらわずに、わたしがひとりで作ったの」

彼女がはじめて僕にくれたお菓子は型抜きクッキー。それが徐々に凝ったものになって、数ヶ月に一度芦屋家を訪問する際の楽しみになっていた。

玲奈の作るお菓子はいつも、いつかの泥団子と同じく虹色に輝いていた。練り込まれた彼女の霊力は、優しくて甘い味がする。

打算まみれの大人達の思惑をよそに、玲奈はいつだって明るく無邪気だった。

「パパがね、おいしいってほめてくれたの。お菓子を作ると、みんなうれしそうな顔になる。怒ってたひとも泣いてたひとも、みんなえがおになる。だからわたしは、お菓子を作るのがすき」

この頃の玲奈はよく、「大人になったらパパの跡を継いで陰陽師になる。それがだめならお菓子屋さんになる」と言っていたけれど、彼女の父親が玲奈に陰陽道について何も教えなかったのは正解だと思う。

玲奈は霊力のコントロールができないし、下手すれば彼女の寿命をさらに縮めることになりかねなかった。

「パパはこまっているひとをたすけるのが仕事なの。だからわたしは、家でお菓子を作って待っているの。右鬼と左鬼がいるから、全然さみしくないよ」

彼女の家は、代々在野の陰陽師としてあやかしにまつわる万事《よろずごと》の解決を生業《なりわい》にしていた。玲奈の父親は依頼があれば、全国北から南まであらゆる方面から仕事を請け負っていたらしい。

それはきっと、玲奈を救う手がかりを探すためでもあったんだろう。

結果として、そのせいで玲奈が寂しい思いをして、親子ふたりで過ごす時間が少なくなってしまっているのは皮肉だった。

父親の努力の甲斐もなく、玲奈は年齢と共に次第に弱っていった。僕らが会える回数は減って、土御門家の連中も玲奈はそう遠くないうちに死んでしまうと思っていたらしい。

けれどその予想に反し、玲奈の父親が彼女より先に亡くなった。

僕と玲奈が十二の年の夏だった。

玲奈の父親にして陰陽師、芦屋道久《あしやみちひさ》の葬儀は七月の雨の中ひっそりと行われた。

玲奈が体調を崩して以来、約半年ぶりの再会になる。気丈に喪主《もしゅ》を務める彼女の姿を一目見るなり、参列した僕も土御門家の人間も驚きを隠せなかった。

なぜならこの時、あれほど膨大だった玲奈の霊力は、跡形もなく消えてしまっていたのだ。

「たったひとりの肉親を失ったショックが原因だろう」

「霊力は魂の在りかたそのものだ。魂が傷付くほどの心的外傷《トラウマ》を受ければ、霊力が失われてしまうことはままある」

「父親の死があの娘を永らえさせたということか。しかし霊力がなくなったとなれば、土御門家にあの娘は不要だ」

あれほど養子に、嫁に、と目の色を変えていた土御門家の連中は、彼女が力を失ってどこにでもいる普通の少女になった途端、玲奈に興味をなくした。

身内の心ないやり取りを耳に入れたくなくて、僕は芦屋家の屋敷の裏庭に出た。

きっともう、玲奈とは会えなくなる。それがわかってしまって、けれど子供の僕にはどうしようもできなくて。

するとその時、勝手口から喪服姿の玲奈が顔を出して手招きした。

「なつる、なつる」

引っ張られるようにして玲奈の部屋に入った。たくさんのぬいぐるみが置かれた女の子らしい部屋。玲奈がふすまを閉めると、そこには赤髪と青髪、双子の鬼が立っていた。

「七弦に、見てほしいの。私の秘密」

「秘密……?」

右鬼と左鬼は渋っているようだったが、主の意思には逆らわなかった。

玲奈はくるりと僕に背を向けると、その場に正座する。よく状況が掴めないでいるうちに、玲奈の黒いワンピースに右鬼の手がかかる。背中のジッパーが突然下ろされて、僕はあわてた。

けれどすぐ、その下に現れたものに僕の目は釘付けになった。

「これ……は」

彼女の背には、びっしりと何かの咒《じゅ》が刻まれていた。そしてその中心、背骨のあたりに錆びた鉄の破片のようなものが突き刺さり、埋め込まれている。

玲奈にはじめて会った時、彼女は背中の空いたワンピースを着ていたけれど、その時にはなかったはずのものだった。

「これなるは神代より伝わる遺物、そのひとかけら」

右鬼は伏し目がちに背中の破片を見ていた。

「玲奈さまのお父上は、命を賭してこの遺物を手に入れた。玲奈さまの身に強力な咒《じゅ》具《ぐ》を埋め込むことで、霊力の道を塞ぐ楔《くさび》とされた」

「お嬢の霊力は失われた。いやまぁ正確にはなくなったわけじゃあねぇが、少なくともあんたら安倍の一族が望む役割は、もうお嬢にはこなせねぇと思うぜ」

玲奈の霊力が消えたのは、親を失ったショックのせいではなかった。

彼女を普通の少女に変えたのは、父親の執念と愛情。

本来ならそれは、相手の霊力を失わせ無力化するための呪いだった。

右鬼と左鬼はじっと油断なく僕を見ていて、暗に「だからもう近付くな」と訴えていた。玲奈の身体に埋め込まれたのは、彼女の膨大な霊力を丸ごと押さえ込み、「なかったこと」にできるほどの強力な呪具《じゅぐ》だ。土御門家にその存在が知れたら、あの強欲達はまた別の意味で玲奈を欲するかもしれなかった。

それでも、僕は。

「玲奈に霊力があろうとなかろうと、そんなこと僕には関係ない。玲奈は僕の大切な――。幼馴染、だから」

たしかに、最初に惹かれたのは彼女の纏う透き通ったガラスのような霊力だった。

でも僕は、彼女の中にもっと別の輝く何かを見つけていた。

離れがたかった。誰にも渡したくなかった。でも当時十二歳の僕にできることなんて、せいぜい彼女の手を握っているくらいしかなかった。

無情にも時は過ぎ、いよいよ僕が京都に帰る、これきりお別れだ、という頃合いに。

玲奈は古い文机の引出しから、一枚の千代紙を取り出した。彼女はその若草色の千代紙でゆっくり丁寧に何かを折って、「あげる」と僕に差し出す。

それは、一羽の折り鶴だった。

「鶴……？」

「ううん。これはカササギ！」

はじめて出会った時とまったく変わらない、無垢な笑顔がそこにあった。

「パパが教えてくれたの。カササギはね、離れたところにいる人と人を繋ぐ鳥なんだって。七夕の日に織姫と彦星を会わせてくれるのも、カササギなんだって」

僕の手に託されたその折り鶴《カササギ》は、失われたはずの彼女の霊力を宿して淡い光を放っていた。

「だからこれは、カササギなの。遠く離れていても、私とパパは繋がってる。七弦とだって、カササギの架ける橋で繋がっていたいから」

「手紙……書くから。玲奈も、返事を書いて」

精いっぱい絞り出した僕の言葉に、玲奈ははにかみながら「うん」と頷いて。

その日を最後に、僕と玲奈が直接会うことはなくなった。

けれど手紙のやり取り――高校に入ってからはメールだけど――は、僕が東京の大学に合格して上京するまで途切れず続いた。

玲奈の霊力は、表面上は失われた。

けれど今も、彼女が誰かを想い、何かを届けたいと願う時にだけ。

彼女の美しい魂――その奥底に眠る霊力が、指先からわずかに零れ出すのだ。
それがパティシエール・芦屋玲奈の、秘密の隠し味。

だから僕は、玲奈の作るスイーツを。玲奈がたくさんの人に笑顔を届けたいと願う、ピュアな想いを。必ず守ると決めたんだ。

ねえ玲奈。きみは臆病だと笑うかな。
夢の中でなら何度だって言えるのに。
僕は、きみが――
彼女のくれた折り鶴《カササギ》は、今も僕の部屋の枕元に飾られている。

三章　初デートとおいしいおとーふ

　土曜日の午前九時。

　薄手のチェスターコートにテーパードデニムという休日スタイルの七弦は、十一月の陽光の下で文庫の推理小説を読んでいた。

　今日は玲奈との約束の日。普段ならカフェ 9-Letters《ナインレターズ》 は営業日だが、今日と明日は臨時休業だ。例の一件で心身共に疲れ切っていた玲奈は、七弦の後押しもあって週末の二日間店を閉めることにしたのだ。

　待ち合わせ場所は吉祥寺駅北口のロータリーにあるゾウのはな子像前。天候はあたたかな小春日和で、心なしか朝から人の姿が多い。

「七弦ー！　お待たせ！」

　時間ぴったりにやってきた玲奈は、普段とまったく違う装いだった。

　いつもお団子に纏めている髪は下ろされて、毛先がランダムに巻かれている。服装は袖のたっぷりしたコーディガンにアコーディオンプリーツのロングスカートと、どことなく普段より女性らしい。

「どうかな？　変じゃない？　最近働いてばかりでロクに服も買いに行ってなかったから、着るものがなくて困っちゃった」

「あ、うん……。いいと思う」

スマートに「かわいいね」と褒められればよかったのだが、七弦は見事に見惚れてボーッとしてしまい、上手い言葉が出てこなかった。

まずは約束通り映画を見ようと、玲奈の案内でサンロード商店街のアーケードを抜ける。ふたりは駅からまっすぐ北へ歩いた。

ちょうど「ガチ泣き」と話題の邦画を上映しているのは、吉祥寺プラザ。吉祥寺駅の北側、五日市街道沿いある古い映画館だ。

昭和の香り漂う茶色いビルにシンプルな電飾看板が目印で、今どき都内では珍しく、スクリーンはひとつだけとコンパクトだ。

朝一番の上映だからか館内はやや空いていた。自由席のみのシートは少し狭めなもののの、カップルが肩を寄せ合って楽しむにはかえっておあつらえ向きだ。

現に玲奈は上映中、ショッキングなシーンに遭遇するたびに肘掛けの上の七弦の手をぎゅうっと握ってくるので、七弦は動揺でまったく内容が頭に入らなかった。

「やばい。泣きすぎた……。マスカラが取れる」

約二時間の上映が終わると、時刻は昼前だった。

　前評判通りにエンディングでガチ泣きした玲奈は、シアターの出入口でずびずびと鼻をかんだ。最後の方は七弦の手を掴みっぱなしだったことには、おそらく気付いていない。

　ようやく落ち着いて表へ出ると、昔ながらの対面販売のチケット売り場には次の上映のチケットを求める人の列ができていた。

「実は正直に言うと、古臭いところだなって思ったんだ。でも入ってみるとなんだか懐かしいというか……落ち着いてて悪くないな」

「七弦はこういうレトロなところ、あんまり好きじゃなかった？」

「いや、そんなことはないよ。……ただ、せっかく出かけるなら六本木とかお台場とかはどうかなって思ってたから……」

　せっかくの初デートが、まさか玲奈の家から徒歩圏内。どうせならもう少し遠出をしたかったと思う七弦だが、今回は右鬼と左鬼がふたりきりの外出を黙認したというだけでも大進歩だ。

　なにせ玲奈がこの歳で異常に恋愛事に疎いのは、あの過保護な双子が玲奈に近付く男を片っ端から排除し続けたせいである。

「まあ、玲奈がいいなら僕はどこでもかまわないけど」

「うん！　ありがと。六本木やお台場は、また次のデートで行こうよ」

「えっ」

玲奈の口からナチュラルに「次のデート」という言葉が出てきたので驚いてしまった。ふと七弦の目に入った彼女の指先には、ヌードベージュのネイルが塗られ、小さなラインストーンが光っている。

「そ、そうだな。次のデート……うん」

器用な玲奈のことだから、きっとネイルも自分でやったのだろう。パティシエールという職業柄、普段は爪を飾ったりはできないはずで。

つまりはわざわざ、今日のために。

七弦は思わずにやけそうになる口元を手で覆い隠して、咳払いでごまかした。

「私にとって、昔から映画館といえば吉祥寺プラザだったんだ。パパによく連れてきてもらった思い出の場所なの」

まだ少し目元の赤い玲奈は、振り返って館名の書かれた看板を指差した。

「高校生くらいの頃も、たまにひとりで観にきてたんだ。なんとなく家に帰りたくない時とか、ここに寄るの。変な時間にふらっと来てもすぐに座れて……」

「意外だな。玲奈にも反抗期があったんだ」

「ふふふ、まあね。それにここ、屋上はバッティングセンターになってるんだよ。ぼーっと映画観てバット振って、帰りにラーメン生郎《なまろう》でカラメニンニクマシトウガラシジゴクを食べれば、だいたいのことはどうでもよくなる！　……あ、生郎《なまろう》はだいぶ前に閉店しちゃったけど……」

「へえ……」

高校生の頃の玲奈を、七弦はメールの中でしか知らない。それでも時折彼女の思い出話から漏れ聞く姿は、今とまったく変わらないのでなんだか笑ってしまう。

「実は、今日この映画館を選んだのにはもうひとつ理由があって。ここってさ、売店がないでしょ」

「言われてみれば……」

思い返してみると、たしかに館内に売店はなかった。自動販売機はいくつかあったが座席にドリンクホルダーもない。

「シネコンだと大抵、バケツみたいなジュースとかポップコーンが売ってるよね」

「そうなんだよ〜！　シネコンに行くと、どうしてもあのポップコーンの誘惑に勝てなくてさ……フフフ。でも今日はまだ、たっぷりとお腹に余裕がある」

そう言って突然自分のショルダーバッグをあさり始めた玲奈。

ややあって「じゃーん！」と取り出したのは吉祥寺周辺の観光スポットを紹介するガイドブックだった。今年出たばかりの最新版に、カラフルな蛍光色の付箋《ふせん》がいくつも挟まれている。

「ここ数年、新しく吉祥寺周辺にできた人気のカフェとパティスリーを調べてきました―！　今日はこれからスイーツはしごで敵情視察！　……ねっ、いいでしょ？」

顔の前に掲げたガイドブックの陰から窺うように七弦を見る。子供が頼みごとをするような調子に、七弦は思わず笑ってしまった。

「な、何か変だった？」

「いや。玲奈は本当にスイーツが好きなんだなと思って」

カフェの一連の騒動に嫌気が差して臨時休業を決めたのかと思いきや、結局この娘はスイーツのことばかり考えている。その不器用なまでの一途さが、いつだって七弦にはまぶしい。

遥か昔、虹色の泥団子をくれた幼い玲奈が目の前の彼女に重なって、七弦は懐かしさに微笑む。すると玲奈もつられてにっこり笑った。

「そう！　私はスイーツが好きなの。だからたまには原点に帰って、おいしいスイーツをお腹いっぱい食べてみるのもいいでしょ？」

「わかった。つき合うよ」

頷いて、ふと玲奈の頭越しに通りの向こうを見た七弦は――

「……いや、ちょっと待って」

とっさに玲奈の肩を掴んでしまった。七弦の視線の先、ふたりからやや離れたところに立つ電柱の後ろに、こちらを窺う不審な人影がある。

——霖だ。

どこからどう見ても目立ちすぎる着流し姿の男は、じーっとこちらを見ていた。七弦が凝視するとふい、と顔を逸らすものの、本気で隠れる様子もない。

だが、玲奈は気付いていない。

「どうしたの？」

「……なんでもない。さ、行こうか！」

あの傍若無人な男を、下手につつけばやぶ蛇になるに決まっている。

七弦はなんでもないふりをして、玲奈の手を引き寄せると自身のコートのポケットに招き入れた。絶対に近付いてくるなよ、と霊圧で威嚇しつつ、無視を決め込むことにした。


その後、ふたりはランチからティータイムにかけて、吉祥寺駅周辺にある三つのカフェをはしごした。さすがに七弦がギブアップしたので、今は駅の南を井の頭公園方面へ歩いている。

「おいしかった～！」

「ああ……。でも当分、甘いものはいいかな」

満足げな玲奈に比べて、七弦はやや苦しそうだ。行く先々でスイーツとコーヒーを頼んだので、物理的にも精神的にも満腹である。

明るいうちからたくさんの客で賑わう焼き鳥の有名店、いせやの軒先から漂う香り。普段なら通りがかるたびに食欲を誘うはずの香ばしいタレの匂いすら、今はどうにも受けつけない。

立ち寄ったカフェはどの店もおいしかった。インテリアも洗練されていて、店員の接客もよかった。あれもこれもと目移りしてしまうほど魅力的なメニューがたくさんあって、さすが話題店だな、と納得である。

「ねえ、七弦。今日行ったお店にあって、うちに足りないものってなんだろう？」

課題はたくさんありそうだが、その中からあえて挙げるとするなら。

隣を歩く玲奈の問いに「専門的なことはわからないけど……」と前置きした上で、七弦は率直な意見を口にした。

「まず、立地かな。どの店も人通りの多い通り沿いか、その一本裏にあるね」

「うちも、駅から歩ける範囲だと思うんだけどな」

「玲奈の店は住宅街の中だから、偶然通りがかるってことがほぼない場所だろ。まあ、それが隠れ家っぽくていいところでもあると思うけど……。——となると、お客さんに明確な動機、目的意識を持って来てもらわないといけないんじゃないか？」

七弦は前を向いたまま頷いた。

「目的？」

「あのお店のアレを食べたい、みたいな。今回の騒動も、言うなれば『イケメンを見たい』という女性客のわかりやすい目的があったわけだし」

「なるほど……」

「玲奈はどう思ったの？」と問い返されて、玲奈は持っていた手帳に目を落とした。

その中には今日訪れた店で気付いたこと、食べたスイーツの味、使われていたカップのメーカーまでびっしりとメモされている。

「やっぱり、今は『映え』が大切なのかなって。思わず動画や写真を撮りたくなるような、見た目にもインパクトのあるスイーツ……」

ガラス蓋を開けた瞬間に、どろりとソースが流れて広がるパンケーキ。別添えのマシュマロをカップに乗せると、熱でつぼみが花が開くココア。虹色のクリームに彩られたカラフルなショートケーキ――

どの店にも必ず、写真映え、動画映えを意識したメニューがあった。客はこぞってそれらを注文し、歓声を上げてスマートフォンを向けていた。

「そうだな。写真や動画を撮ってもらえれば、それがＳＮＳで広がるからね」

ＳＮＳの拡散力のすごさは、玲奈もこの二週間近くで嫌というほど実感していた。

「うん。カフェとパティスリーでは求められるものが違うんだね。今さらだけど……」

玲奈は元々、個人経営のパティスリーで働いていた。オーナーシェフはとある有名ホテルで研鑽《けんさん》を積み、フランスで修行したこともあるパティシエだ。

店内にイートインスペースはなく、持ち帰りのみだった。そのためすべてのケーキは、ショーケースに並べられる時点で完成されている必要がある。

見た目は宝石のように美しく、でも限りなくシンプルに。口の中で生まれる、クレムやビスキュイといったパーツ同士のマリアージュ。その絶妙なバランスこそが、スイーツの醍醐味なのだと。

玲奈はそう教えられてきたし、自身もそう信じている。

けれどその素晴らしさを多くの人に知ってもらうには、今のままではダメなのだ。

「私、新しいメニューを考えてみる。お客さんがびっくりするような、スゴイやつ」

手帳を閉じてバッグにしまう。まっすぐ前を向いた表情はいつものようにまばゆい希望に満ちていたので、七弦は安堵した。

「せっかくだから少し歩かないか？　腹ごなしに」

ちょうど井の頭公園の入口に差しかかったところだったので、ふたりはそのまま中を散策することにした。

吉祥寺の名所、井の頭恩賜公園は武蔵野市と三鷹《みたか》市にまたがる広大な都立公園だ。

自然文化園や動物園を併設し、周辺にはお洒落な飲食店や雑貨屋が数多くある。

そして、芦屋家と同じくあやかし保護重点区域のひとつでもある。

桜や楓《かえで》など約二万本の樹木が生い茂り、豊かな自然は人間だけでなくあやかし達にとっても心憩う場所なのだ。今も人の声に交じって、ささやき合うような葉擦れの音が聞こえる。

さくさく、と落ち葉の道を踏み分けて、ふたりは少しだけ色付き始めた梢《こずえ》の天蓋の下を並んで歩いた。

「ふふふ、なんだか高校生のデートみたいだね？」

人気デートスポットとはいえ、玲奈にしてみれば自宅の近所だ。学生時代を思い起こさせるのだろう。屈託なく笑いかけられて、七弦はついポロリと漏らした。

「誰か別の男と来たことあるとか？」

「うん。あるよ」

あっけらかんとイエスと答えられたので、七弦も少し驚く。

「……誰と？」

「うーん、友達に呼び出されて来てみたらなぜかダブルデートだったことがあったのと……。あと中学生の頃、ひとつ年上の先輩に誘われて一緒に来たことがある」

「へえ」

あの双子の監視をかいくぐって玲奈を連れ出すなど、一体どんな手を使ったというのだろう。中学生の頃の話に嫉妬してもしょうがないと思いつつ、七弦の相づちはそっけなかった。

「その時はね、先輩とふたりで池のボートに乗ったんだ。まあ、それ自体は特に何もなかったんだけどさ……」

タイミングよく木々が途切れて井の頭池が見えてきたので、玲奈は話しながらフフフと笑い出してしまう。

「ボートから下りる時、先輩がひっくり返って池に落ちちゃったの。すぐに私が引っ張り上げて、怪我はなかったんだけどね。私は当時、先輩を落ち着きのある年上の男性だと思ってたからさぁ……。びしょ濡れの姿にちょっと……うん、だいぶ幻滅しちゃったっていうか」

「なかなか手厳しいな」

その先輩の心境を思うといたたまれない。七弦が思わず擁護すると、玲奈は「中学生ってそんなものでしょ！」とまた笑った。

「『井の頭公園のボートに乗ると別れる』っていうあのジンクス、本当なんだな～って思ってさ。それで印象に残ってるんだよね」

「ああ」

さすが有名な話だけあって、京都出身の七弦も耳にしたことがある。苦笑を浮かべて頷いた。

「あのジンクス、本当だよ」

「えっ？」

迷信だろ、と笑い飛ばされるかと思いきや、はからずも肯定されて。

玲奈が目を丸くすると、七弦はスッとボート乗り場の辺りを指差した。

「この池に昔、『網剪《あみきり》』が棲んでたんだ」

「あみきりって……あやかしの？」

「そう。エビみたいな身体にカニみたいなハサミがついてるやつ。元々は海辺に棲んでいて、漁師の網を切ってしまうっていうあやかしなんだけど、いつからかここに棲み着いてたらしくて。前任者の記録に残ってた」

都内のあやかし保護重点区域は現在、すべて七弦の管轄下である。

「で、ここだと切るものがないから、暇つぶしにカップルの縁を切ってたらしい」

「ウソだー!?」

「ほんとほんと。あやかしには、人間の霊的な繋がりが視えるからね。網剪《あみきり》なら、薄い縁なら切り離せただろうね。まあ、何年か前に池をかいぼりした時にいなくなっちゃったみたいだから、今はそんなこともないけど」

「それってつまり……」

玲奈がぱちくりと瞬きすると、七弦は珍しく悪戯《いたずら》っぽい笑みを浮かべた。

「今はボートに乗っても、別れないよ」

「試してみる?」と片目をつぶった七弦の亜麻《あま》色の髪が、西日を反射してきらりと輝いたので。不意に目を奪われて、気付けば玲奈は頷いていた。


井の頭池でボートに乗れるのは日没前までだ。ボート乗り場では、ちょうど本日分の発券が終わる頃だった。

ふたりは連れ立ってチケットを買い、手漕ぎのローボートに乗り込む。

最初は玲奈が「漕ぎたい!」と立候補してオールを握ったものの、進む方向があべこべになってしまって上手くいかず、結局七弦にバトンタッチした。

時間が遅いからかはたまた例のジンクスのせいか、池に出ているボートは少ない。ゆっくりと池の中央へ漕いでゆけば、その空間だけが切り離されたように静かだった。沈みかけた日が水面に長く伸びて、金色に輝いている。

「綺麗だね……」

玲奈はきらめく黄金を掬《すく》おうと水面に手を伸ばしたが、十一月の水温は思った以上にひんやりしていてすぐに引っ込める。

池の真ん中でオールを休めた七弦は、ややあってピュイ、と小さく指笛を吹いた。するとどこからともなく一羽の鳥が飛んできて、七弦の肩に留まる。

「えっ、何？」

「僕の式神だよ。今日は休みだけど、一応この公園も僕の管轄だからね。定期報告」

「この鳥って……」

七弦の耳元でカシャカシャと何かささやいている黒い鳥。一見カラスに似ているけれど、腹の部分が白い。玲奈が思わずじぃっと見つめると、かわいらしい黒目で見返してくるではないか。

「これはカササギ。正確には、僕の霊力を式符に移して実体化させたものだけど」

「カササギって……あのカササギ？」

七弦は柔らかく目を細めて「そうだよ」と頷く。

「きみと僕を繋いでくれる鳥だ」

かつて玲奈が教えてくれた話。カササギは人と人の間に橋を架け、想いを繋ぐ鳥なのだと。

七弦はその思い出を式神の姿に託した。彼女への想いが、自由に空翔ける翼となるように。

「きみがくれた折り鶴《カササギ》があったから、離れている間も僕はがんばれた。誰よりもきみの近くにいたかったし、きみを守りたかったから」

「私も、七弦がくれた手紙やメール、ちゃんと大事に取ってあるよ。たまに読み返して、元気をもらってる」

「……そっか」

「うん」

積もり積もった時間の、ほんのひとかけら。

打ち明け合ったふたりの間に少しの沈黙が訪れた。互いになんとなく黙り込んでいると、カササギが七弦の腕の先でばさばさと羽ばたく。

「ねえ、そのカササギ、さわれる？」

「ああ。いいけど……わ、ちょっと、気をつけて！」

玲奈が身を乗り出すと、バランスを欠いてボートが揺れた。七弦があわてて受け止めようとすればカササギは飛び立ち、波紋を描く小舟の上に残されたのは、とっさに抱き合う形になったふたり。


――どきん、どきん。

触れ合った体温の奥底で、ふたつの鼓動が聴こえた。水面はさざ波を立て、きらきらと揺れている。

七弦の腕の中で風に遊ばれる玲奈の髪。七弦はそれを捕まえて、そっと彼女の耳にかけた。そしてそのまま、露わになった耳輪に触れる。

玲奈が驚きにびくりと肩を竦ませると、親指が優しく頬を撫でた。

「玲奈。……僕は……」

長い指はするりと黒髪の合間に差し込まれ、七弦の錫色《すずいろ》の瞳が冬空を映す曇りガラスのように玲奈を閉じ込めた。玲奈はその美しさに、息すらできなくて。

五センチ、三センチ、一センチ――

確かめるようにゆっくり、七弦の顔が近付く。その上品な鼻梁の先端が、今にも玲奈の鼻に触れかけた、その時。

ざわざわざわ！

周辺の木々から、けたたましい鳴き声をあげて鳥達が飛び立った。

「な、何⁉」

玲奈は驚いて猫みたいに縮み上がった。鳥達は何かから逃れるように、一斉に夕空を東へ飛んでゆく。あと少しで触れ合うはずだった唇は一瞬にして遠のいて、ふたりの身体にまた隔たりが生まれる。七弦は己の運のなさを呪った。

「わからない。少なくとも今、この辺りに霊的な異常は感じられない」

完全にキスのタイミングを逃した歯がゆさを隠し、七弦は神妙な顔をしてぐるりと辺りを見回した。念のため、式神《カササギ》達に周囲を警戒するよう指示を出す。

「戻ろうか」

しょうがない。ため息がちにオールを取ると漕ぎ出した。

ボートは黄金の波を掻いてゆっくり岸へと進む。水面に描かれた舟跡が、未練を残すように長く尾を引いた。

ボート乗り場へ戻るとまず七弦から地上へ降りて、ぐらぐらと危なっかしい玲奈の手を取り引っ張り上げた。繋いだ温もりを離すのが名残惜しくて、七弦はそっと爪先に指を絡める。

そのまま何も言わずに手を引いて歩き出すと、玲奈も何も言わない。ふたりは手を繋いだまま、先ほど鳥達が飛び立った高台の御殿山の方へと向かった。

夕日は半分ほど彼方に消え、周囲の小径にぽつぽつと街灯が点き始めていた。

広大な井の頭池の西端には、堂舎の赤が鮮やかな弁財天《べんざいてん》がある。その正面を通り過ぎたところで、はた、と玲奈の足が止まった。

「ねえ。あれ、豆腐小僧じゃない？」

玲奈の指差した雑木林を見れば、たしかに遠くに笠をかぶった子供の姿がある。大人の腰くらいの背丈の豆腐小僧が、公園の出口方面へ向かう人々の脚の間をうろうろと歩き回っていた。

「本当だ。この辺りに居着いてたのか」

「私……行かなくちゃ。豆腐小僧に、まだ謝れてないの！」

先日、わざとではないとはいえ彼の大切な豆腐を台無しにしてしまったのだ。あの時の悲しそうな豆腐小僧の顔が、薄らいで消えていった姿が頭から離れない。

玲奈はとっさに走り出していた。

「おとーふ、いる？　おとーふ、いかが？」

豆腐小僧はいつものように、漆《うるし》の盆を大事に抱えて豆腐売りをしていた。しかし誰もその声に耳を傾ける様子がない。何かにぶつかったのか、盆の上の豆腐は半分崩れてしまっている。

「少し弱ってるみたいだ。普通の人からは姿が視えていない」

追いかけてきた七弦の言葉に、玲奈の胸はぎゅっと締めつけられた。

あやかしは精神生命体だ。彼らには寿命がないが、人々から忘れられた時、己の存在意義が揺らぎ誇りを失った時、力を失くして現世《うつしよ》から消えてしまう。

「だれも、おとーふ、いらない……？」

小僧の声は次第に弱々しくなり、角の潰れた豆腐がぺちゃ、と力なく萎んだように見えた。

「ねえ待って！　そのお豆腐、私がもらう！」

玲奈はあわてて駆け寄って、小僧の隣にしゃがんだ。笠の下の顔を覗き込むと、今にも泣き出しそうだった小僧の表情は少しだけ明るくなる。

「れな、おとーふ、いる……？」

「うん。おひとつくださいな。この間はごめんね」

「お、おい玲奈⁉　豆腐小僧の豆腐は」

「いいの！」

豆腐小僧の豆腐には特殊な霊力が練り込まれていて、食べると身体がカビだらけになってしまう。だが、玲奈は七弦の制止を無視した。

「だって、心を込めて作ったものを誰にも食べてもらえないなんて、そんなの悲しいから……。それにもし私が全身カビだらけになっても、七弦がなんとかしてくれるでしょ？」

だから大丈夫。玲奈はにっこり笑って、崩れた豆腐を掴むとぱくんと飲み込んだ。

「れ、玲奈……？」

しばらく無言で豆腐を味わっていた玲奈は、ややあってぶるりと体を震わせる。七弦がぎょっとして身構えると、突如として玲奈の顔が輝き出した。

「この豆腐、すっごくおいしいんだけど⁉」

「へ？」

「ねえ豆腐小僧。この豆腐、あなたが作ったの？　あなたのお豆腐を食べたらカビだらけになるんじゃないの？」

乗り出し気味の玲奈の問いに、小僧はふるふると首を振った。

「このおとーふ、いたずらのおとーふじゃない。このおとーふ、ととがつくったおとーふ。ながとろの、おいしいおとーふ」

「お父さんが作ってるの？　ながとろって……もしかして、埼玉の長瀞《ながとろ》？」

「いや、待って玲奈……嫌な予感がする。豆腐小僧の父親っていったら、あのあやかしの――」

『わしのかわいい小僧をいじめるのはここの連中かあ⁉』

突然、大鐘を打ったような重々しい声が響いた。

びりびりと空気が震え、辺りの木々が一斉に揺れたかと思うと急に空が暗くなる。

玲奈にはそれが山が動いたように見えた。巨大な何かが、ほとんど沈みかけていた夕日を遮ったのだ。

宵《よい》の訪れと共に現れたのは、山のように大きな坊主頭の入道だった。

「まずい！　玲奈、見るな！」

「な、なんで？」

「こいつは『見越入道《みこしにゅうどう》』！　やつを見上げる者が多ければ多いほど、巨大になって力を増すあやかしだ！」

「ええっ⁉」

見越入道。

全国各地に逸話《いつわ》の残るあやかしで、その強大さから「あやかしの総大将」と言われることもある。一説では、豆腐小僧の父親であるとも。

七弦の言う通り、袈裟《けさ》姿の入道はみるみるうちに質量を増し公園の木々を遥かに凌いだ。

「わしこそは秩父《ちちぶ》山地一帯のあやかしを束ねる総大将！　うちの小僧を、わしの豆腐を侮るもんは許さんぞぉーーっっ‼」

めきめき、と軋む音がして、すぐにどぉーん！　と数本の木が倒れた。震動が地を伝わり、足元に這い上がってくる。

見るなと言われても、この状況で目を離せるわけがない。玲奈はあわてて手で顔を覆ったが、結局指の隙間から一部始終を盗み見てしまっている。

何も知らない周囲の人々も「なんだあれ？」「隣の美術館の出し物かしら？」とのんきに空を見上げている。このままでは見越入道は力を増すばかりだ。

「あ〜もう！　明星、急急如律令《いますぐにこい》！」

七弦は式符を宙に放り投げ、明星を喚ぶ。光が弾け、ショートカットにナイトドレス姿のいつもの明星が現れた。

「はぁ～い。あら？　今日はカフェは休みじゃなかった？」

「今から結界を張る。適当に人払いしてくれ！」

突然のことに小首を傾げた明星だが、見越入道が視界の端に入るなり「ウワァ」と目を眇めた。

「すごいのがお出ましだわね……。大将格のあやかしじゃない」

「御託はいいから早く動け！」

ハイハイ、とひらひら手を振って明星は地に降り立った。すぐに気だるそうな態度を一転、営業用のスマイルを貼りつけしなを作る。

「すみませーん、今映画の撮影中なんですぅ～！　演出に火薬使うんで危ないですから、一般のかたはこちらからお帰りくださぁーい！」

適当にそれっぽい言い訳を並べる明星に誘導されて、ギャラリー達はぞろぞろとその場を離れ出した。その気配を背で感じ取りつつ、七弦は素早く陰陽術の印を結ぶ。

錫色《すずいろ》の瞳が霊力を帯びて淡く輝いた。

「示現寄縁《よりてしめせ》、結界招来《きたりてむすべ》――土咒《どじゅ》・磊磊芒壁《らいらいぼうへき》」

上空に七弦のカササギが集まってきた。

カササギ達は光を放ち、線で結ばれ巨大な五芒星《セーマン》が描かれる。同時に地面から巨大な光の壁が生まれて見越入道の周囲に突き立った。入道の動きを封じ、普通の人間には中が見えなくなる結界である。

「見越したぞ見越入道！　止まるんだ！」

「お前かあ！　わしの豆腐を食わんのは！」

「は⁉　いやいや落ち着けって！　別に誰もお前の豆腐に文句なんか――」

「黙らっしゃい‼」

説得を試みる七弦を、入道は大地を踏み鳴らして一喝した。

「大豆は畑の肉！　豆腐はへるしぃめにゅう！　食べ物を粗末にするお前ら全員、大豆畑の肥やしにしてくれるわーーっ！」

「やめろ、これ以上暴れるならこちらも対抗せざるを得ない！」

振り上げられた入道の拳を結界が弾いた。だが、強度にも限界がある。

本来、国家公務員の陰陽師が霊力を行使しあやかしを討伐する際には、事前に上司の決裁が必要――なのだが、今はそんな流暢なことを言っている場合ではない。

七弦は始末書を覚悟しつつ迎撃の姿勢を取った。

まさに一触即発かと思われたその時。

『フン。見上げるのがだめだと言うのなら、見下ろしてやれば良い』

また別の声がした。

その声は、地の底から湧き上がるような低音だった。

瞬くうちに周囲の闇が寄り集まって、禍々しい暗雲を作り上げた。漆黒のもやはあっという間に天と地に伸び、見越入道をも上回る。

現れたのは七弦の結界を覆いつくし、それでもなお全貌が見通せないほどの長大な闇の大蛇だった。

「汝《うぬ》がいやしくも『あやかしの総大将』などと名乗る命知らずか」

大蛇のその一声が、急激に周囲の気温を低下させた。漏れ出る邪悪な霊気が、見た者すべての本能的な恐怖を呼び覚ます。七弦の結界にぴしりと亀裂が走った。

「どこの猿山の大将か知れぬが、この地は今や我が領域、我が顎《あぎと》の下と知っての狼藉か？」

闇の塊の中央で、血のように赤い瞳が輝いた。圧倒的な霊圧が風となって渦巻くと、入道は恐慌して震え上がる。戦意を喪失したのか、姿が急激に縮み始めた。

「いいいいや、わしはただ、豆腐の素晴らしさをわからぬ愚か者どもに鉄槌《てっつい》を――」

「知るか。我が威光にひれ伏すか、魂まで引き裂かれて滅するか疾く選べ」

「そそそ、その荒ぶる波のごとき霊力、山をも呑み込む御姿、あ、あなたさまの真名《まな》は、まさか……」

名を問われて、闇がざわりと沸き立った。入道の声音にこもった、畏れの感情を喰らうように。

「そう。我は、我が名は——」

闇が震える。膨張して結界を割る。恐ろしい何かが今まさに本性を表そうとした刹那。

「霖！　そんなところで何やってるの？」

ひとりの女の声が暗雲を切り裂いた。地上からまっすぐ大蛇を見上げる、玲奈の声だった。

玲奈は「おーい」と手を振り、迷うことなく再度「霖」と大蛇に呼びかける。

「ケンカはやめて早く降りてきてよ！　豆腐小僧のお父さんも！」

「……我が名は……」

見越入道が縮む。同時に、闇の大蛇が貌《カタチ》を失い、ぼろぼろと剥げ落ちるように崩れて消える。

「——我が名は、霖だ」

そこにいたのは、いつもの着流し姿の霖だった。

「ねえねえ霖！　ちょっとこの豆腐食べてみてよ！　すごくおいしいの！」

霖がいつもの姿を取り戻すなり、玲奈は駆け寄って漆《うるし》の盆を差し出した。

「汝《うぬ》が――。汝《うぬ》の付けた名が、我を縛った」

「ん？　どゆこと？」

言葉の意味がわからず、玲奈はただにこにこと笑うだけ。しばらくその笑顔を見つめていた霖は、いきなり目の前の鼻をぎゅうと摘んだ。

玲奈が「何《はに》ふるのひょ⁉」と叫んだ隙に、ひょいと豆腐のかけらを掴んで口に放りこむ。

「……うむ。昨日の夕餉に出てきたすーぱーの特売品の豆腐よりは美味いな」

「当たり前じゃあ！」

ふたりの間に割り込んだのは、二メートル近くのサイズまで縮んだ見越入道である。

「この豆腐はな、わしが丹精込めて育てた大豆を長瀞の清流でととのえた、超！　美味い！　豆腐だ！」

「おとーふ、おいしい？　とのおとーふ、おいしい？」

「うんうんおいしい！　大豆の味がする！」

素直に褒められて気をよくしたのか、入道は「そうだろうそうだろう」と豪快に笑った。弱って消えかけていたはずの豆腐小僧は、ぴょんぴょんと元気に玲奈の周囲を跳ね回っている。

いつの間にか玲奈の周囲に賑やかなあやかしの輪ができていて、先ほどまでの緊迫感はなんだったんだと七弦はひとり身体の力が抜けてしまった。

「こんなにおいしい豆腐だって知らなくて、豆腐小僧にひどいことしちゃったね。ごめんね」

「れな、おとーふ、いる？」

「うん！　また今度、お店に持ってきてくれる？　何かこのお豆腐を使って新しいスイーツを考えよう」

「ほほぉう！　ならばわしも腕によりをかけて——」

「おーい、見越入道」

盛り上がり始めた入道を、七弦がちょいちょいと後ろからつついた。

「その前に、ちょっと陰陽局までご同行願おうか」

「な、なぜだ。わしゃあ何もしていないぞ？」

「あのなあ」

七弦は思いっきり嘆息して、背後の惨状を指差した。

雑木林の木は数本が倒れ、踏みならされた地面は陥没している。

「あやかしの引き起こした怪現象を、人間が都合よく解釈して畏れ敬ってくれる時代は終わったの。たまたま人的被害はなかったけど、巨大化したお前の姿を見た人達もいるし、井の頭公園は都営だから都ともすり合わせが必要だ。……で、さしあたって陰陽局に報告が必要なわけ」

「報告……わしが……？」

「駆除対象になりたくないなら、事情聴取に協力して無害なあやかしだとアピールしておいた方がいいと思うけど？」

「とと、わるいあやかし？」

入道はしばらく渋っていたが、小僧の無垢な瞳にじっと見つめられてついには「わかった」と観念した。

「玲奈、ごめん。こういうわけだから……。今から陰陽局に行ってくる」

「うん。お仕事なら仕方ないよ。今日は一日つき合ってくれてありがとう」

「まだ五時過ぎなんだけどね……」

日が暮れたと思ったらあっさりお別れだなんて。

これじゃあ本当に高校生のデートのようだと七弦はがっくりうなだれた。

「帰り、送れないけど大丈夫？」

「あはは、大丈夫に決まってるじゃん。霖もいるし」

「……」

七弦は無言で目の前の男を見た。当の霖は退屈そうにあくびをしていて、先ほどまでの禍々しい気配はすっかり鳴りを潜めている。

「それじゃあ七弦――」

「玲奈」

またね、と別れを告げようとした玲奈の手を、七弦が掴んだ。

その温もりをたしかに覚えておきたくて、掴んだ手を引き寄せ身体ごと抱きしめる。

後ろで入道が「キャッ」と乙女みたいな悲鳴を上げた。

「今日は楽しかった。――続きは、また今度」

続き、とはデートの続きのことか、それとも先ほどボートの上で、今にも唇が触れそうになった時の――

もちろん聞き返せるはずもなく、玲奈は七弦の腕の中でただ黙ってコクコクと頷くのだった。


七弦と別れ、すっかり暗くなった午後六時前。

玲奈は霖とふたり並んで家路を歩いていた。街灯が夜道に作り出す薄い影が、ぼんやりと後をついて来る。

「そういえば、霖はさっきなんで公園にいたの？」

まさか朝からずっと後をつけていましたなどと正直に言うはずもなく、霖はツンとそっぽを向いた。

「我は我の心のまま、行きたいところに行っただけだ。偶然だぞ。偶然」

「ふーん？　つまり、徘徊《はいかい》？」

「芋子……。我を老人《おいびと》扱いするのもたいがいにせいよ。なんなら一晩中、我が肉体のいかに旺盛かを教えてやっても良いが？」

「ツッシンデゴエンリョモウシアゲマス」

そうやって、しばらく軽口を叩き合いながらふたりは住宅街を歩いた。

途中でなんとなく会話が途切れて、アスファルトを踏む霖の下駄の音だけが小気味よく響く。玲奈が何か新しい話題を切り出そうとしたところで、霖がぼそりと口を開いた。

「『でえと』とは、それほど良いものか」

「え？」

霖が立ち止まった。二三歩行き過ぎた玲奈が振り返ると、霖は腕を組んだまま、まっすぐこちらを見ている。

「汝《うぬ》はあの小童《こわっぱ》と『でえと』して、えいがとやらを観たのだろ」

「う、うん。それはもちろん、楽しかったよ」

「そうか。ならば我とも『でえと』せよ」

「ええっ⁉」

霖はつかつかと距離を詰め、驚く玲奈を見下ろした。

「我だと不足だと言うのか」

「そんなことはないけど……」

「ならばよかろう」

「そ、そのうちね」

「そのうちとはいつだ」

「え、その……」

いつものようにパーソナルスペースなどまるで無視して、美しい顔をすぐ目の前まで近付けてくる。玲奈がたじたじになって詰まったところで、ぴたりと喉元に指を突きつけられた。

「芋子。ここのところ、我を避けておったろう」

「っ、そんなことは……。あるけど……」

ずばり言い当てられて、思わず視線を泳がせる。

たしかに、玲奈は先日霖と言い合いになって以来、無意識のうちに彼を避けていた。あの日いら立ちから霖に感情をぶつけてしまったのが気まずくて、忙しさにかこつけて、謝り損ねたままずるずると今日まできてしまっていたのだ。

霖は一歩下がってフゥ、と息を吐く。

「のう、芋子」

目にかかる前髪をくしゃりと掻き上げる。彼の鋭すぎる真紅の瞳が露わになって、宵闇の中で輝いた。

「汝《うぬ》は……我が、怖いか」

その声は静かで、真摯な問いかけだった。

「汝《うぬ》の魂が翳ると、なぜか我も落ち着かぬ気分になる。だが、我にはわからぬ。人の子の心の機微が。我は知らぬのだ。畏れ以外に、人の魂を揺さぶる方法を」

「霖……」

「あの小童《こわっぱ》は、いとも易々と汝《うぬ》の憂いを取り除いた。あやつとおると、汝《うぬ》は笑う。我にできぬことが、なぜあやつにはできるのだ」

それはともすれば、ひどく哀しげで。

玲奈は視線を逸らすことをやめ、ただ、ううん、と首を振った。

「お客さんを殺すって言った時は、正直ちょっとびっくりしたけど……。でも、霖はちゃんと人の心がわかるでしょ？　だって私が落ち込んでいることに一番最初に気付いてくれたもん。——だから、大丈夫。霖は怖くないよ」

いつもの自信過剰男が、陽炎《かげろう》みたいに儚げに見えた気がして。

「もしかして、この間私が怒鳴っちゃったことを気にしてるの？」と問い返すと、霖はフンと鼻を鳴らした。

「笑止、我がそれしきのことを気に病むなど。……ただ、喉に魚の小骨が刺さったような違和感がなくならぬだけよ」

「あの時は私も言いすぎたよ。霖の言うことがあまりに図星で、グサッときちゃったんだ。こんなの、ただの逆ギレだよね」

玲奈は居ずまいを正して霖と向かい合うと、体の前で両手を揃えた。

「だから霖、この間はごめん」

玲奈は一度しっかりと頭を下げ、それから霖の顔を見た。

霖はしばらくじっと見返していたが、やがて無言で玲奈の顔に手を伸ばす。

いつものように強引に頬を掴むのではなく、そっと顎に手を添えて優しい動作で顔を上向かせた。

鬼灯《ほおずき》よりも赤い目が、爛々《らんらん》と光って玲奈を捉える。まるで心の隅々まで照らし覗こうとされているみたいで、玲奈の全身は自然と硬くなる。

(この人には、きっと嘘やごまかしは通じない。霖の目も心も、抜き身の刀剣みたいに綺麗でまっすぐだから――)

触れれば時に相手を傷つけてしまう、不器用で正直すぎる霖の心。

そんな彼と堂々と向き合える自分でいたいから、玲奈はショルダーバッグの肩紐をぎゅっと握り、赤裸々な視線を黙って受け入れた。

するとそのうち、赤い瞳は徐々に近付き、象牙を刻んだような鼻が触れて――

やがてゼロ距離になり、次の瞬間、唇が塞がれた。

「っ、んぅ⁉」

驚きの声は上手く言葉にならなかった。霖が上唇を甘く食み、逃れようとする舌を舌で捕らえて撫でた。角度を変えようと唇が離れたところで、ドシャッとおおげさな音とともにショルダーバッグが地面にずり落ちる。

「きゅっ、急に何するの⁉」

何秒かの硬直の後にようやく我に返り、玲奈は霖を振り切った。

あわててしゃがみ込んでショルダーバッグを拾うと、霖はその様子を見下ろしながら「ん？」と美しい顔を傾ける。

「女が謝る。しからば男はそれを受け入れて、言葉の代わりに唇を返す。するとふたりはあっという間に燃え上がり懇《ねんご》ろになる。――何か間違っていたか？」

（そんなテレビドラマみたいな展開があってたまるか！）

思わず心の中でツッコんだところで、ハッと気がつく。

「ちょっと霖……まさかそれって……」

「うむ。昼どらで観た」

予想通りの答えに、怒りと羞恥を抑えきれない玲奈はバタバタと両手を振った。

「信じられない……信じられない！　よりにもよって乙女のくちびるを！　いっ、今のナシ！　返してよ！」

「うん？　良いぞ。いくらでも返してやろう」

霖が言葉通りもう一度唇を返そうと身を傾けてきたので、玲奈はあわててショルダーバッグで防御する。

「ちがっ……違うそうじゃない！　わ〜っもう霖のバカ！　セクハラあやかし！」

玲奈は捨て台詞だけを残し、ものすごい勢いで走り出すとあっという間に角を曲がり屋敷の方へ去ってしまった。

ひとりその場に残された霖は、居心地悪そうに首の後ろを掻く。

「人の子の心のげに難しきよ。……上手くいかぬ」

ハァ、とため息をひとつ吐いたかと思うと、次の瞬間には不敵に微笑んでいた。

「だがわかったぞ。芋子、汝《うぬ》の秘密がな」

今しがた睦んだばかりの唇を親指でなぞる。

赤い瞳は月の光を映して妖しく揺らめいていた。

四章　百鬼夜行《ひゃっきやこう》と心をほどくフレンチトースト

「お待たせしました。豆腐シフォンケーキほうじ茶風味黒蜜シロップ添えと、ブレンドコーヒーでございます」

十一月下旬の昼下がり。

ホール担当の左鬼の赤髪が、窓から差し込む陽の光を受けて篝火《かがりび》のように輝いていた。

千年生きる「火垂《ひだり》の鬼」は、その炎の気性に似合わぬ洗練された所作で丸テーブルにケーキセットを並べる。近所の大学生らしきカップル客が注文したのは、今週からお目見えしたばかりの新作ケーキだ。

「わ～見て見て、おいしそ～！」

女性客のきらきらした歓声に、生クリームとシロップの添えられたシフォンケーキは恥ずかしそうにふるるん、と揺れた。

二日間の臨時休業が区切りとなって、カフェ 9-Letters《ナインレターズ》の騒動は急速に収束へ向かっていた。半月も経つと完全に落ち着きを取り戻し、現在は明星もお役御免ということで七弦の手元に戻っている。

ＳＮＳをきっかけに訪れた客のほとんどは冷やかしまがいで終わってしまったが、一部は玲奈の味を気に入ってくれたのか、再び来店している。

結果として客足は微増。日々の売上も少しだけ増えていた。

今日も少ないながら数組の客が訪れ、ティータイム最後の客が店を出るの見届けた玲奈はキッチンの扉から顔を覗かせにんまりと笑った。

「ふふ。新作の『豆腐シフォンケーキほうじ茶風味』、好評だねえ！」

満面の笑みで廊下の壁に向かって話しかけ——いや、壁ではない。

玲奈の視線の先で壁のごとく廊下を塞いでいたのは、身長二メートルの大男、見越入道（精いっぱいの最小サイズ）であった。

「うう……わしは感動しとる……。わしの豆腐が形を変えて、人間に食されておるのか……」

「にんげん、ととのおとーふ、たべた！　れながけーきにして、たべた！」

鴨居にめりこみそうになりながら丸めた肩を震わせてむせび泣く入道の周りで、豆腐小僧がきゃっきゃと喜びの舞を舞っている。

玲奈は見越入道との約束通り、長瀞の豆腐を使って新しいスイーツ「豆腐シフォンケーキほうじ茶風味黒蜜シロップ添え」を開発していた。

今週からメニューに載せると入道に教えたところ、「わしの豆腐が客の口に入るところを見たい」とわざわざ秩父山からやってきて、今日は朝からずっと店の様子を廊下のふすまの陰から覗いていたのだ。

「人間よ……感謝するぞ」

「こちらこそ、見越入道のお豆腐のおかげでいい新メニューができたよ。ありがとう」

「うむ、しふぉんけーきと言ったか？　お前の作った甘味は秩父山のあやかし達にも大好評だったぞ！　まるで天の雲を食っちょるみたいな心地だと」

「おとーふ、ふわふわ！　おとーふ、もちもち！　おとーふ、おいしい！」

「わあ、わかってくれた？　せっかくお豆腐を使うんだから食感に特徴を出したいなと思って、少しだけ強力粉を使ってるんだ」

シフォンケーキは卵白のメレンゲを大量に使った、口溶けよくきめ細かい食感が特徴だ。玲奈考案のとうふシフォンケーキは、そこに豆腐とうどんやパンの原料でもある強力粉を加えることでしっとりもっちりした食べ心地を実現していた。

「そういえば結局、陰陽局での事情聴取の結果はお咎めなしだったんでしょ？」

先日、井の頭公園の景観を破壊してしまった入道は七弦に永田町の陰陽局本部へ連行されていた。

陰陽局に危険なあやかしだと判断されると容赦なく駆除、あるいは封印されてしまうのだが、こうやって自由に歩き回っているところを見るに上手く免れたらしい。

「あの陰陽師の若者が何やら手を尽くしてくれたようでな。ついでに今後豆腐を売りたいならと、わざわざホケンジョとやらに許可を取る手伝いもしてくれたぞ」

七弦は井の頭公園での一件を丸く収めただけでなく、見越入道の手作り豆腐を人里で売れるよう奔走してくれたのだとか。その甲斐もあって、最近の入道はたまに街へ降りてきてリヤカーで豆腐の移動販売をしているらしい。

「女みたいな顔しとるが、ああ見えてなかなかきっぷのいい男じゃな」

「うふふ、そうでしょ。七弦は頼りになるんだから」

七弦が褒められると、なんだか自分まで誇らしくなる。玲奈は照れ臭そうにくしゃりと笑った。

「お豆腐スイーツ、また他にも考えてみるね。夏には涼しく、つるつるのブラマンジェにするのもいいかも」

「うむ！　楽しみにしておるぞ！　今日は礼を兼ねて秩父山から贈り物を持ってきた！」

「ええっ、別に気を遣わなくてもいいのに」

「いやいや、受けた恩は返さねば大将の名が廃る！　受け取ってくれい！」

恐縮する玲奈をよそに、入道は「おーい、いいぞ～！」と窓の外へ呼びかける。

すると次の瞬間。

ずどぉぉおおおおおん！

空から巨大な何かが降ってきて、地響きとともに前庭に突き刺さった。

「あはは。まさか贈り物がクリスマスツリーだったなんてね」

見越入道がやってきた翌日。屋敷の縁側から庭を見た玲奈は、昨日の衝撃を思い出してケラケラと笑った。

その視線の先——カフェの座卓からも見える南庭のど真ん中には、巨大な樹木が一本ドーンと突き立っている。

見越入道の贈り物は、秩父山で採れた巨大なもみの木だったのだ。

以前、世間話の中で玲奈が「そろそろクリスマスだね～！　うちにもクリスマスツリーが欲しいなあ」と零したのを覚えていてくれたらしい。円錐型の枝振りも太い幹もとにかく立派で、二階建ての隣家よりも背が高かった。

「まったく。こちらの都合も考えずにこんな巨大なものを押しつけて……」

「まあまあいいじゃない。おかげで今年のクリスマスは華やかになりそう！」

カウンターの中で愚痴る右鬼をなだめ、玲奈はつっかけサンダルで玄関から庭へ出た。

　さすがに十一月も下旬となると、晴れていても気温はぐっと冬めいている。不意にぴゅうと北風が通り抜けたので、何か羽織ってくればよかったと、かじかむ指先をあたためつつ空を見上げた。

「おーい霖、そっちはどおー？」

　玲奈の呼びかけに、空に浮いて長い電飾モールを木に巻きつけていた霖が音もなく地に降りてきた。

　玲奈の父の形見の着物に、近頃は袷《あわせ》の羽織と黒いウールストールを巻いている。あやかしに暑さ寒さは関係ないのだが、いつものだらしない着流しではあまりに見た目が寒そうなので玲奈が無理矢理着せている。

「お手伝いありがと！」

　側へ寄ってねぎらうと、いつものように「我にできぬことなぞない」と腕組みでふんぞり返る。相変わらず態度は偉そうなものの、どういう風の吹き回しか最近の霖はこうやってたまに仕事を手伝ってくれる。

「ちゃんとかわいく飾りつけできた？」

「汝《うぬ》の目で確かめればよかろう」

「下からじゃよく見えないもん」

手庇で目を凝らす玲奈の腕を、突如霖がぐいと引いた。

「ならばほれ」

「わ、わ、わ！」

そのまま身体ごと抱き上げて、有無を言わさず宙に浮かび上がる。

あわてて羽織の胸元にしがみついた玲奈だったが、すぐに慣れて「もー」と非難めいた視線を向ける。その頬がオーブンに入れられたスフレみたいに膨らむのを見て、霖は意地悪そうに笑った。

ふわふわと霖に抱かれた状態で木の周囲を一周してみると、彼の飾った電飾モールは意外ときっちり巻かれていた。さらにその周りの枝に、枕返しの赤い手が一生懸命オーナメントを吊るしてくれている。

もの珍しさに寄ってきた低位あやかし達の淡い光の群れが、玲奈の見鬼《けんき》の目にはイルミネーションのように美しく輝いて見えた。

「綺麗だね。クリスマス、楽しみだね」

玲奈がにこにことクリスマスの情景を思い描いていると、彼女を胸に閉じ込めた霖はうなじに顔をすり寄せて――いきなりかぷ、と左耳を食む。

「ひゃ⁉　ちょっと急に何⁉」

「挨拶だ、挨拶。それともこの間のように口吸いの方が良いか？」

「よくない！　全然よくない！」

先日の井の頭公園からの帰り道の一件以来、霖のスキンシップは以前にも増して過剰である。

玲奈は驚いて上体を仰け反らせるも、ここは上空で、しかもしっかり抱き込まれているので逃れようにも逃れられない。

乙女の恥じらいが……というより、右鬼と左鬼に見られたら大騒ぎになるのは確実だから気が気ではない。冗談めかして唇を寄せる霖の憎たらしいほど美しい顔を、玲奈はぐいぐいと手で押しのけた。

「そ、そうだ！　そういえば、霖はクリスマスプレゼントに欲しいものある⁉」

苦し紛れに無理矢理話題を変えると、霖の動きがぴたりと止まる。

「ぷれぜんととはなんだ」

「贈り物のことだよ。クリスマスはみんなでおいしいものを食べて、贈り物をする日なの！」

だいぶざっくりとした説明に、霖はしばし視線を斜め上へやって。

それからじっと、玲奈の目を見た。

「汝《うぬ》だ」

「へ？」

「我は汝《うぬ》が欲しい」

至極真面目な顔でそう言われて、玲奈はきょとんと固まった。

しばらく時間が止まり――「あっ」と何かに気付いて再び動き出す。

「あっ、わかった。ま―た『魂を寄越せ』とか言うんでしょ？　何度も言ってるけど私の魂は私のものだからあげられません〜！」

口をすぼめて茶化す玲奈の言葉を、霖は特に訂正しなかった。

「ならば、何か美味いものでも食わせろ」

「じゃあさ、今年は七弦も呼んでみんなでクリスマスパーティーをしようよ。右鬼と左鬼にも手伝ってもらって、おいしいごちそうをたくさん用意するの！　もちろんケーキは私の担当！」

「……それは愉しみだ」

赤い瞳はフ、とわずかに笑みの形に細められていた。

霖に抱えられたまま、玲奈の手でもみの木のてっぺんに大きな星型を飾る。

屋敷中のあやかし達が思い思いの方法でオーナメントをぶら下げ、ついにツリーは完成した。

地面に降りて少し離れたところからスマートフォンで写真を撮っていると、ちょうどポスティングのアルバイトのバイクがやってきた。配達員から直接チラシやダイレクトメール類を受け取った玲奈の視線は、何気なく落とした広告の上で止まった。

「大変！　霖警部、事件だ！」

突然玲奈が騒ぎ出したので、霖がふよふよと宙に浮いたまま寄ってくる。

「なんだ騒々しい」

「キミに新たな指令《ミッション》だ、霖警部！」

「う、うむ？」

振り返りざまビシ！　と指差されて、霖は身構えた。

玲奈の台詞は最近ふたりがハマっているテレビドラマ、「シークレット刑事《デカ》」のワンシーン。主人公のボスの決め台詞だ。

「霖警部。今回キミに与える極秘指令《シークレットミッション》、それは――」

ノリノリでボスになりきる玲奈に触発されてか、地に降り立ち、固唾を呑んで指令《ミッション》の発動を待つ霖。しばらく難しい顔で広告のチラシを見ていた玲奈《ボス》は、数秒の沈黙の後クワッ！　と目を見開いた。

「キミには明日、朝イチでスーパーに並び特売の米十キロをゲットしてきてもらいたい！」

◇　◇　◇

その日の夜、今日も今日とて七弦は残業だった。

「ハァ……。時間外労働はマジで滅びろ」

暗いオフィスでパソコンを前に目頭を揉んだところで、胸ポケットの中のスマートフォンが光る。

メッセージの着信を報せる短いバイブレーションだった。玲奈からの時だけ振動の仕方が違うので、すぐにわかる。

『七弦、クリスマスに予定はある？　もしよかったら、イヴの夜一緒に過ごしませんか？』

「……マジで？」

メッセージ画面に飛び出したのは、思いもかけぬクリスマスの誘い。ちょうど七弦も、どうやって双子に邪魔されずに玲奈を誘おうかとやきもきしていたのだ。

思わずテンションが上がった勢いでオフィスチェアから立ち上がった七弦は、次の一文を見てズッコケた。

『右鬼と左鬼と霖も一緒に、みんなでおいしいものを食べてお祝いしよう！』

「そうだよな……玲奈が『ふたりっきりで』なんて言うはずがないよな……」

再び嘆息したところに、今度は写真が送られてくる。

見越入道が秩父から運んできたという大きなもみの木の画像だった。すっかりクリスマスらしく飾りつけられたその木の横に、霖が写っている。クリスマスを心待ちにする玲奈の高揚が伝わってきて、七弦の胸は締めつけられた。

玲奈には家族がいない。だから彼女はいつだって賑やかなことが好きだ。孤独な者を放っておけないし、なんでも懐に入れたがる。

そしてひとたび彼女と触れ合えば、どんなあやかしもその純粋さに惹かれずにはいられない。


——かつて人々に畏れられた、いにしえの邪神《じゃしん》さえも。


「僕がやらないといけないことだよな……」

玲奈のために、心を鬼にしなければならない。

ひとつの決意を胸に、七弦はスマートフォンを握りしめた。

◇◇◇

玲奈から特命を受けた翌日。

霖は特売品の米以外にも、醤油やらサラダ油やら重量のあるものをここぞとばかりに買いに行かされていた。

チェック柄のエコバッグふたつにみっしりと頼まれたものを詰め両手に提げて歩いていると、不意に一羽の鳥が霖の上空を通り過ぎた。その鳥は道の少し先、小さな公園の前に立っているスーツ姿の男のところへ下り立つ。

「驚いたな。きみがおつかい？」

黒い鳥――カササギを腕に留まらせているのは七弦だった。

「仕方なかろう。これは極秘指令《しーくれっとみっしょん》だからな」

「シークレット刑事《デカ》」を観ていない七弦は極秘指令の意味を知らなかったが、おおかた玲奈に上手く乗せられたんだろうな、ということは想像がつく。

「小童《こわっぱ》よ、汝《うぬ》こそ何用だ。芋子ならいつも通り店の中に――」

「霖。今日はきみに話があって来たんだ」

七弦の意外な言葉に、霖は特に驚きはしなかった。

「どうせその式神《とり》の目で、我がここを通ることをわかっていたのであろう」

「うん。まあ」

七弦が腕を少し持ち上げると、カササギはまた空へと飛んでゆく。いつもとは違う空気を感じ取ったのか、霖は両手にぶら下げていたエコバッグから手を離した。

だが、袋は重力に引かれることなく宙に浮いたまま。

そして霖がクイ、と向こうを指差せば、十キロの米やサラダ油はあっという間に塀を越えて芦屋家の方へ飛んでいってしまった。

「そんな芸当ができるのに、わざわざ両手に提げて帰ってきてたのか……」

「我にできぬことなぞない。だが芋子が五月蝿《うるさ》いからな。現世《うつしよ》で人に紛れて生きるのならば、それらしく振る舞えと」

気だるそうに肩を鳴らす霖が、以前よりずいぶんと人間臭く見える。七弦が複雑な表情で黙っていると、霖は羽織の袂《たもと》をゴソゴソと探り出した。

「フン。これは我のとっておきだが、特別に汝《うぬ》にもくれてやる」

平伏して受け取れ。

そう言って取り出したのは、二本入りのコーヒー味のチューブアイスだった。

——なぜ自分は、冬の公園で、男とふたりで、並んでアイスを食べているんだろうか。

誰もいない住宅街の公園でブランコに座った七弦は、封も切らずにただ冷たいアイスのチューブを握っていた。四つ並んだ錆びかけのブランコに、ひとつ離れて霖も座っている。

「霖……率直に聞くよ。きみは、玲奈のことをどう思ってる？」

霖はチューブを咥えたまま首を傾げた。

「どう、とは。あやつはあの屋敷の主で、ぱてぃしえーるとかいうやつだ」

「きみは芦屋家にやってきた時こう言った。『霖という名はこの屋敷に食客《しょっかく》として滞在する間の仮の名にすぎない』と。きみはまさか、芦屋家に永遠に居着くつもりなのか？」

「たしかにはじめはただの気まぐれだったが……。今は『霖』として過ごすのも、そう悪くないと思うている」

「きみは少し人間臭くなったよね。玲奈の影響で」

「何を言いたい。我は回りくどい話は好かぬ」

七弦の手の中で、冷たい汗を掻いたアイスはぐにゃりと歪んだ。

「霖と名付けられて、きみの魂の在りかたは少し変わった。玲奈と一緒に暮らすうち、きみは彼女の優しさに触れて自然と丸くなった。だけどそんなに簡単にきみのすべてが――『邪神《じゃしん》の本質』が変わるのか？」

プカプカと空のチューブを膨らませていた霖が片眉跳ね上げた。

「そうだろう？　だってきみの本性は悪。きみは破壊の化身だ」

「ほう？」

「十月の始め、出雲《いずも》でいくつかの神祠《しんし》が壊れた。きみはその祠に祀られていた……いや、封じられていた一柱」

《――やつの封印が解けた》

七弦の脳裏によみがえっていたのは、陰陽頭の兄・梓弦の言葉だ。

霖はただニヤリと口の端を吊り上げるだけで答えない。だがその笑みは、間違いなく肯定を意味していた。

「きみは伝承にこう記されている。『邪悪なる者。破壊と混迷をもたらす者。その瞳は鬼灯《ほおずき》より紅く、その威光は八つの丘、八つの谷に渡る』と」

七弦は静かに立ち上がった。一歩、二歩、ブランコの前に踏み出しては諳《そら》んじる。

記憶の中にある、とあるあやかしに関する伝承の一節を。

「『ひとたび嘶《いなな》けば雷雨を呼び、荒ぶる怒濤《どとう》でいくつもの人里を水の底に沈めた蛇の王。習性は残虐で、乙女を喰らい、血と酒を好む』。だから人は古来より、畏怖を込めてきみをこう呼んできた。すなわち――」

七弦が振り返る。まっすぐ霖を見据える。

深呼吸して、畏れることなく、堂々と彼の真の名を呼んだ。

「――その真名《まな》、『高志之八俣遠呂智《こしのやまたのおろち》』」

次の瞬間。

凄まじい霊圧が公園一帯を覆った。

あまりの重みに立っていられず、七弦はその場に膝を折らされる。痛いほどの霊気の風が肌を刺し、公園の遊具が共鳴して不快な金属音を立てた。

なんとか顔を持ち上げて巨大な霊気の源を見れば、八ツ又の黒い影がゆらゆらと蠢《うごめ》いている。そしてその中心で、血よりも紅いふたつの瞳が輝いた。

「いかにも。だが二度とその名で我《おれ》を呼ぶな」

まさに大蛇が地の底を這うような声音だった。

生き物としての本能が恐怖を訴える。それでも決して心折れてなるものかと、七弦は気丈に相手を睨みつけ、臨戦の構えを取った。

だが。

そのまま七弦を呑み込むと思われた恐ろしい気配は、すぐに減じて収束した。空を覆うほど広がった八ツ又の影はしゅるりと縮んで、元のただの人型となる。

爛々《らんらん》と光る紅い瞳を閉じ、その男は着物の袂《たもと》で静かに腕を組んだ。

「今の我は『霖』だ。――ただあの娘の黒髪を濡らし、赤土に染み込むだけの」

【霖】りん。ながあめ。

彼の真名《まな》は八俣遠呂智《やまたのおろち》。

古くは古事記や日本書紀にその名が記された、八本の首を持つ伝説の大蛇である。

人々を苦しめ畏れられた、荒ぶる水の化身とも伝えられている。

だが玲奈が名付けた「霖」という名が、優しい楔《くさび》となって彼を縛った。

「いくら人らしく振る舞おうとも、きみと玲奈は相容れない。きみは邪神《じゃしん》で——玲奈は、普通の人間だから」

「普通？　汝《うぬ》の目は節穴か？」

いまだ邪悪な光を残す霖の赤眼がわずかに開く。

「知らんとは言わせんぞ。あの娘の美しい魂、指先から零れる極上の霊気。そしてあの身に埋め込まれた、神代の遺物を」

「……！」

七弦は衝撃に身を硬くした。

この世で自分だけしか知らないはずの玲奈の秘密。彼女の背に刻まれた父親の呪いと、その媒介となる呪具《じゅぐ》の存在を霖が口にしたことに。

「小童《こわっぱ》よ、汝《うぬ》は知っておるか？　芋子の身体に宿る錆びた塊。あれが一体、なんなのか」

「……」

何か大きな力を秘めた呪具《じゅぐ》だということはわかる。そうでなければ、玲奈の身体から湧き出す膨大な霊力を封じる要になり得ない。

しかし七弦はその呪具《じゅぐ》の正体までは知らなかった。恐らく、玲奈自身も。

「あれはな、我が尾骨《おぼね》のかけらよ」

地に映る霖の影がわずかに伸び、びたん、と尾のようにしなって砂利を打った。

「かつて忌々しき神が我が身を切り裂き、出雲《いずも》の地に封じた。その際に我が尾から取り出したる骨を、汝《うぬ》ら人間は神剣として大層ありがたがって祀っておるというではないか」

「……まさか……」

「そうだ。芋子の身に宿るあれは、汝《うぬ》ら人の子が『天叢雲剣《あめのむらくものつるぎ》』と呼ぶもの。そのほんの一部だ」

天叢雲剣《あめのむらくものつるぎ》。

それは神話の時代、須佐之男命《すさのおのみこと》が八俣遠呂智《やまたのおろち》を退治した際に、引き裂いた尾の中から見つけ出したとされる剣である。

「天叢雲剣《あめのむらくものつるぎ》……三種の神器のひとつだぞ。いくら玲奈の父親が偉大な陰陽師でも、個人が手に入れられるようなものじゃ――」

そこまで言いかけて、七弦はハッとした。

現在、この国に天叢雲剣《あめのむらくものつるぎ》——別名・草薙《くさなぎ》の剣と呼ばれるものは二振り存在する。

ひとつは、愛知の熱田神宮《あつたじんぐう》に納められている本体。

もうひとつは本体の力を分け与えられた形代《かたしろ》で、皇居に安置されている。

そして歴史上、天叢雲剣《あめのむらくものつるぎ》の形代《かたしろ》はもう一振りあったとされる。

だが、それは平安時代末期の壇ノ浦《だんのうら》の戦いにて——源氏に追い詰められた安徳《あんとく》天皇が入水した際に、共に海に沈んで失われてしまったと伝えられているのだ。

「まさか玲奈の父親が……壇ノ浦の海底に沈んだ剣のかけらを見つけ出したっていうのか⁉」

「経緯なぞ知らん。だが芋子の身に埋め込まれたあれは、間違いなく神代に奪われし我が尾の一部よ。あやつの身体に直接聞いたでな」

霖が唇を舐め上げた。表情が挑発の色を宿し、口から真っ白な牙が覗く。

「わかったであろう？　我の一部が芋子の肉体に宿る以上、我と芋子は霊的に近しい。つまりあの娘は我がものも同然なのだ。汝《うぬ》がごとき一介の呪術師《じゅじゅつし》より、我の方がずっと——」

「なんだ」

七弦が笑った。ひどく冷え切った瞳で。

「僕はてっきり……。きみは、僕と同じなんだと思ってた。きみは彼女を——玲奈を好きになったんだって。ただひとりの女性として」

　安堵か、はたまた落胆か。

　七弦はこれまで胸を焦がしていた嫉妬の炎が、急に小さくなってゆくのを感じていた。

「でもそうじゃない。きみはただ、彼女の中に失くした力の片鱗を見出しただけだった。つまり、きみの玲奈への執着は愛でもなんでもない。ただの幻肢痛《げんしつう》だ」

「幻肢痛《げんしつう》？」

「四肢を切断した患者が、あるはずもない手足の痛みを感じるっていう症状のこと」

「幻の痛み……」

　霖はうつむき己の手のひらを見た。

「そう、だったのか。近頃、妙に胸が疼《うず》くと思っていた。あやつを前にするとざわざわと心が波立って、時折苛まれたように痛むのだ。これは如何なることかと難儀しておったが……。なるほど。気のせい――なのか」

　胸が疼《うず》く。ざわざわと心が波立って、時折苛まれたように痛む。

　それは幻肢痛《げんしつう》なんかじゃない。

　きっと気のせいでもない。

　それは――

まるで子供のように戸惑いを口にする霖の姿に、七弦は答えが喉まで出かかる。だが、それを教えてやるわけにはいかなかった。ぐっと呑み込んで、代わりにできるだけ残酷な言葉を選んで吐き捨てた。

「なら！　できるだけ早く、玲奈の前からいなくなってくれないか。きみはいずれ、陰陽局の手で封じられるだろう。その姿を玲奈に見せたくない。玲奈はきみが……いや、きみじゃなくとも、誰かが目の前で消えたら悲しむから」

陰陽局は邪神《じゃしん》の行方を探している。このまま七弦が霖のことを上層部に報告せずにいたとしても、彼らの目を欺き続けることは不可能だ。

七弦は爪を食い込ませて拳を握る。これが玲奈の心を守るために最善の方法なのだと自分に言い聞かせて。

霖はいつものように、フンとふんぞり返ってそっぽを向いた。

「知るか。我がどこに行き、何をするか。その意思に口出しできるのは我自身と——あの娘だけだ」

◇◇◇

その頃カフェ 9-Letters《ナインレターズ》では、すっかり常連のひとりとなったふくよかなマダムが友人を連れて来店していた。

「新作のお豆腐のシフォンケーキおいしかったわ！　あれならいくらでも食べられそう」

「ふふふ、カロリー控えめですからたくさん食べても安心ですよ。ぜひまたいらしてください」

会計を終えたマダム達を、玲奈はそのまま玄関まで見送る。

「ええ、また来るわね」とマダムが引き戸を開けたところで、ぽた、と一粒の雫が軒下のコンクリートに落ちた。

「あら、雨だわ」

マダムが空を指差した。つい今しがたまで晴れ渡っていたはずの空が、いつの間にか低い雲が垂れ込め真っ暗になっている。

ぽつ。

ぽつ。

ざぁぁああ――

後ろにいた玲奈が玄関戸を出ると、雨粒は次第に増え、突如として一帯を覆う雨になった。

「今日の天気予報で雨が降るなんて言ってたかしら」

「やだっ、洗濯物干しっぱなしで来ちゃったわ！」

「……霖が……」

あわてるマダム達の後ろから暗い空を見上げて、玲奈はぽつりとつぶやいた。

「霖が……。泣いてる？」

霖に何かあった。

どうしてかは自分でもわからないが、玲奈はなぜかそう思った。

マダム達にビニール傘を貸し出して見送り、霖を迎えに行くことにする。

右鬼と左鬼に店を託して紳士用の大きな黒傘を傘立ての奥から引っ張り出したところで、軒下にエコバッグがふたつ無造作に置かれていることに気付いた。特売の米の他に醤油やサラダ油など、霖にお願いしたものがちゃんと全部揃っている。

「霖……一度帰ってきてたのかな？」

まるで小学生がランドセルを放り出したままどこかへ遊びに行ってしまったみたいだ。妙な不安が拭えず、玲奈は傘を差し雨の下へ駆け出した。

「りーんー！　おーい霖！」

一度荷物を置きに来たのならきっとそう遠くへは行っていないだろうと、雨降る住宅街を小走りで駆け抜けた。霖達あやかしは雨に打たれても風邪を引くことはないけれど、それでもやっぱり濡れねずみではかわいそうだから。

屋敷の北にさしかかったところでようやく、小さな公園の入り口に立っている霖を捜し当てる。

「霖！　大丈夫？」

霖は腕を組み、ずぶ濡れのまま佇んでいた。

艶めく濡羽色の髪も冷たい磁器のような肌も、灰色の景色の中にあってもぞっとするほど美しい。なんだかいつもの彼じゃないみたいで、玲奈は大股で駆け寄る。

「ごめんね、私がおつかい頼んだせいで濡れちゃって……。早く家に帰ろ？」

頭ひとつ分背が高い霖に、黒の紳士傘を差しかける。

すると彼は突然、無言のまま玲奈の身体を掻き抱いた。

「どっ、どうしたの？」

閉じ込められた着物の合わせ目から、雨の匂いに交じって懐かしい父親の香りがした。いつもの冗談めかした接触と違い、抱きしめる腕の力が強くて。

戸惑い気味に尋ねると、霖はお団子頭にぐりぐりと顎を乗せてくる。

「少し、古傷が痛むだけだ」

「えっ。怪我してるの？」

その問いに答えは返ってこなかった。お団子頭に顔を埋める霖の表情は見えない。

彼の黒髪から落ちた雨の雫が、ぱた、と玲奈の額に落ちた。

びしょ濡れの霖に抱きしめられて、けれど振り払う気にはなれなかった。なぜか彼がとても小さく、弱い生き物になってしまったみたいに感じたから。

どうするべきか少し悩んだ末に、玲奈はそっと霖を抱きしめ返した。空いた手を広い背に回して、トントンと優しくさする。

それが正解かはわからなかったけれど、昔泣いている時に父親が——あるいは右鬼や左鬼が、そうやって慰めてくれたことを思い出しながら。

子供をあやすような玲奈の手つきを、霖はしばらく黙って受け入れていた。

「……ただの幻肢痛《げんしつう》だ」

その声は雨音に紛れ、玲奈には届かなかった。


雨脚は次第に弱まったものの、まだしとしとと細い雨が降り続いている。

玲奈と霖はひとつの傘に肩を寄せ合って、屋敷への道を歩き始めた。一応ふたり分の傘を持ってきているのだが、なんとなく今の霖は使ってくれそうになくて。

玲奈が傘を持ち、相合い傘の要領である。

「あれっ。お客さんかな？」

ふたり揃って敷地の角を曲がったところで、屋敷の門の前に誰かが立っていた。

抱っこ紐で赤ん坊を抱き、買い物袋を両手に提げた女性だった。雨に濡れた髪がペたんと顔に貼りついて、全体的にくたびれた印象だ。

そして彼女の肩から頭上にかけてを、何かどんよりとしたもやが覆っている。

女性は傘も差さず、虚ろな表情でカフェ 9-Letters《ナインレターズ》を眺めていた。

「あの、どうかしましたか？」

玲奈は差していた紳士傘を霖に押しつけると、あわててもう一本の水玉模様の傘を開き女性の下へ駆け寄った。

しかし女性は心ここにあらずといった様子で無言で突っ立っている。

後からやってきた霖がぼそりと耳打ちした。

「この女――生き霊が憑《つ》いとるな」

「え⁉」

思わず玲奈が声を上げると、女性の抱っこ紐の中で赤ん坊が激しく泣き始めた。しかし母親であろう彼女は相変わらず、ぼーっと立っている。

「生き霊ってこのモヤモヤのこと？　霖はコレ、どうにかできる？」

「我にできぬことなぞない」

言うが早いか、霖は女性の肩の辺りをしっしと払った。するとまとわりついていたもやは霧散し、女性がハッと振り返る。

「えっ？　あ、あの、ごめんなさい。クリスマスツリーが素敵だったのでつい……」

「そんなことより中に入りましょう！　あなたも赤ちゃんも濡れちゃってる！」

玲奈は急いでエコバッグごと女性の手を引くと、店の中へと招き入れた。

「あの、ありがとうございました。ちょっと寝不足気味で貧血になってしまったみたいで……。もう大丈夫です」

借りたタオルで全身を拭いてようやく人心地ついたのだろう。女性は相変わらず覇気はないものの、丁寧な口調で「遥香《はるか》」と名乗った。

泣いていた赤ん坊も、今は畳に敷いた座布団の上ですやすやと眠っている。実は座《ざ》敷《しき》わらしや低位あやかし達が出てきてあやしてくれていたのだが、遥香には視えていないようだ。

「あったかいコーヒーでも飲みませんか？　お代はいりませんので」

玲奈がドリンクメニューを差し出すと、遥香は恐縮して首を左右に振った。

「えっと……すみません。授乳中で、カフェインはだめなので……」

「あ、そうなんですね！　じゃあ何かスイーツはいかがですか？　貧血には甘いものが効きますよ！」

「……乳製品とか脂肪分の多いものもちょっと……」

「そ、そうなんだ。全然知らなくてごめんなさい」

「いえ……」

子供好きではあるが、玲奈に育児の知識はほとんどない。カフェインが赤ちゃんによくなさそうという理屈はなんとなくわかるものの、なぜ乳製品や脂肪分を制限しなければならないのかまではわからなかった。

ノンカフェインのドリンクはジュースくらいしかないので、結局店のメニューではない麦茶をあたためて出すことにする。コーヒーカップに入れて、右鬼が運んできてくれた。

「玲奈さま。こちらのかたはずいぶんお荷物が多いようですので、ご自宅まで送ってさしあげては？」

「そうだね。遥香さんのおうちはここから近いんですか？」

右鬼が玲奈以外の人間を必要以上に気遣うなど滅多にない。珍しいなと思いつつ、玲奈はそれに同意した。

「はい……。でも、さすがにこれ以上ご迷惑をおかけするわけには……」

「迷惑なんかじゃありませんよ！」

いつもの調子で元気に答えてしまってから、眠っている赤ん坊の方を見てあわてて口を押さえた。

「ご覧の通り今はお客さんもいないですし、それにほら、うちは男手が多いので」

ボリュームを抑え気味にして右鬼と左鬼を見渡す。ふたりには店を任せたいので、霖に手伝ってもらいたいところだが——

「霖《あいつ》と行ってくればいい」

左鬼が顎をしゃくって霖のいる北側の部屋を示す。霖は屋敷に戻るなり、さっさとテレビのある和室に引っ込んでしまっていた。

「う、うん。でもいいの？」

実は、以前の家族会議で決まった「霖と玲奈のふたりっきり禁止令」は厳密にはまだ解かれていない。双子の目が届く屋敷の中はともかく、外出となると玲奈も一応気を遣ってお伺いを立てているくらいだ。

「俺らはこれから色々と……打ち合わせがあるから仕方ねえだろ」

左鬼の言葉に少しだけひっかかりを覚えたが、それよりも早く遥香を送ってあげないと、という気持ちが勝った。

「シークレット刑事《デカ》」第二シーズンを観ながらゴロゴロしていた霖を部屋から引っ張り出して9-Letters《ナインレターズ》を出てみると、いつの間にか雨は上がっていた。

霖と手分けして遥香の荷物を持ってみたところ、なかなか重い。

この荷物に加えて赤ちゃんを抱っこしていたなんて……と、玲奈は感心半分驚き半分で遥香の細い腕を見た。

「赤ちゃんにおっぱいをあげている間って、色々と食べられないものがあるんですね。

お酒がダメっていうことくらいしか知りませんでした」

「せっかく雨宿りさせてもらったのに、何も注文しなくてすみませんでした……」

「あっ、いえそういうことじゃなくて！　せっかくだから今後ママさんにも食べられるメニュー作りの参考にしたいな～と思って！」

とっさのフォローだったが、まったくの嘘ではない。

「ケーキのような乳製品や甘いものは、母乳を詰まらせてしまうってネットに書いてあったから……。私、あんまり母乳の出がよくなくて……お義母さんにも私の生活に原因があるって言われて……」

「へえ……そうなんですか」

「食いたいものも食えず、我が身を削ってまで子に奉仕せねばならんとは母親とは難儀な生き物だな」

「もう、霖は黙ってて！」

玲奈は調理師と製菓衛生師の資格を持っている。その過程で栄養学を少しだけ学んでいるが、スイーツが母乳の出に悪影響だという話は初耳だ。

なんだか眉唾《まゆつば》な話だなあと思いつつ、繊細な話題のようなので黙っておく。

遥香の住まいは芦屋家からそう遠くない場所に建つ低層分譲マンションだった。

途中で赤ん坊が目を覚まして愚図りだしたのだが、泣き声にたまりかねた霖がつん、と小さな額をつついてやると急におとなしくなりうとうとと眠り始めたのでこれには玲奈も驚いた。

　無事に玄関まで送り届けた帰り際、何度も何度もお礼を言われて。

　憑《つ》いていた生き霊は霖が祓《はら》ったものの、当の本人は最後まで生気のない様子で、玲奈は複雑な気分でマンションを後にした。

「お母さんになるって、大変なんだね……」

　遥香も元々は洋菓子が好きだったそうだが、もうずっとケーキはおろか砂糖の入ったお菓子を食べていないのだという。子供の夜泣きがひどくてあまり眠れていないとも言っていたし、なんだか玲奈まで憂鬱になってしまう。

「汝《うぬ》が落ち込んでどうする」

　隣を歩く霖がフンと鼻を鳴らす。ついさっきまで捨てられた仔犬みたいな顔で雨に打たれていたはずなのに、いつの間にかケロリとしている。

　たしかに遥香のことは気がかりだ。しかし他人があれこれ悩んだところでどうしてやることもできないのだから、玲奈は割り切って気持ちを切り替えることにした。

「そうだ、霖。明日新作のメニューの試作をするつもりなんだけど、食べて感想を聞かせてくれない？」

「見越入道の豆腐を使ったしふぉんけーきが新作ではなかったのか」

「それもそうなんだけど、お店の看板になるようなゴージャスでファビュラスで映え映え～なスイーツを新しく考えてるの！」

何やらキラキラした横文字の羅列に霖は首をひねる。

「よくわからんがつまり、その新しい菓子を食うのは我が最初ということだな」

「あはは、そうだね。第一号だよ！」

玲奈が頷くと、霖はいつものようにふんぞり返って偉そうに笑った。

「良いぞ。我は女も食い物も初物《はつもの》が好きゆえ」


そうして約束通り翌日のカフェ閉店後、片付けを終えたキッチンにて。

「霖、お待たせ。これが私の新作……です」

作業台の向かいで折り畳みの丸椅子に座る霖に、玲奈は怖々と試作の新メニューを差し出した。

霖の目の前に置かれたのは白い深皿である。中心にこんもりと白い円錐型の山のようなものが盛られていて、皿の余白は真っ赤なラズベリーソースで彩られている。

玲奈はややぎくしゃくとした調子で説明を始めた。

「この白い山は、メレンゲです。卵の白身とお砂糖を泡立てたもの。中にはピスタチオとチョコレートのアイスクリームが入っています」

「ほお」

「そしてこれから、このスイーツに仕上げをします」

玲奈は小鍋《ソースパン》を手に持つと、中の液体にガスライターを近付けた。すぐに火がつき、鍋の中に青い炎が燃え上がる。

そのまま一気に、玲奈は燃える液体を青い炎ごと皿の上のメレンゲにかけた。炎はメレンゲに引火し、白い山は幻想的な炎に包まれる。

「……燃えとるな」

「ハイ、燃えます」

見たまんまの感想を述べる霖に対し、玲奈は緊張しているのか敬語である。

二十秒ほどで徐々に皿の上の炎は弱まって、やがて静かに消えた。

「酒の香りがする」

「ハイ。これは『フランベ』と言いまして、アルコール度数の高いお酒を調理の最後に落とし、炎で一気にアルコールを飛ばすことで香りづけをする技術です。ちなみに今使ったのはラム酒。――これで完成です、どうぞお召し上がりください」

「ふうん……」

霖は言われるままスプーンを手に取った。炎に焼かれたメレンゲは薄く焦げ目がついている。スプーンを入れると、サク、と小気味よい音がした。

まずはメレンゲだけを口に運ぶ。外側はほんのり熱く、カリ、と軽い歯ごたえだった。すぐに泡のようにしゅわりと溶けてなくなり、後引くのはほんのり優しい甘みとラムの香りだ。

もう少し深くスプーンを入れると、出てきたのはピスタチオグリーンのアイスクリーム。熱いメレンゲと冷たいアイスが舌の上で交ざって溶け合う感覚は新鮮で面白い。ねっとりと濃厚なピスタチオ味は、隠し味の塩が効いていた。メレンゲの泡が口の中を洗い流してくれるので、後味は軽い。

そして食べ進んだ最後に現れるのが甘さ控えめのダークチョコレートのアイスだった。カカオの苦味が全体を引きしめ、一番下のグラハムクラッカーの土台が食感のアクセントになっている。

いずれの層もフランボワーズのソースを一緒に掬《すく》えば、その酸味で風味に軽やかさが増す。

そのすべてを、霖は無言で完食した。

「ど、どうかな……？」

向かいで固唾を飲んで見守っていた玲奈が、おずおずと身を乗り出してくる。

「味ももちろんなんだけど、最初のフランベで炎がボッ！　っていうのがインパクトがあるでしょ？　映えそうでしょ？　『ベイクド・アラスカ』っていうアメリカのお菓子なんだけど、季節によってアイスのフレーバーを変えてもいいし――」

「……悪くない」

短く好意的な感想に、玲奈は思わずガッツポーズした。だがその喜びを遮るように、ぼそぼそと霖は続ける。

「――のお、芋子。汝《うぬ》はこの菓子を作る時、何を考えた」

「え？」

「何を想い、どのような願いを込めた」

「う～んそれは……。おいしくて、お客さんが驚いて、ムービージェニックになるような……？」

ムービージェニック、つまりは「動画映え」である。昨今の流行を取り入れようと意識した、玲奈なりの努力であった。

霖は作業台に行儀悪く片肘をついて、手に持ったスプーンをくるりと弄ぶ。

「汝《うぬ》の渾身の菓子とやらは、このような小手先のこけおどしで客の目を引くのが目的なのか？」

「えっ」

「この菓子は、我が惹かれた汝《うぬ》の菓子ではない。――なぜなら、汝《うぬ》の澄んだ魂の味がせぬ」

何も言えず、玲奈は黙り込んでしまった。

霖は決してお世辞を言わない。だからこそ、彼の率直な感想が心に深々と突き刺さる。

「この間も同じことを言われたね。『私の味がしない』って」

玲奈の泣き笑いの表情がくしゃりと歪んだ。

「きっと……霖にはわかるんだね。スイーツに大事な『何か』が。……は～あ……。だめだなあ、私。スランプかなあ……」

大きなため息と共にがっくりと肩を落とす。

すると突然、霖が目の前で白蛇の姿に変化した。そのまま作業台の上を這い、しゅるりと玲奈の腕に巻きつく。

『しかめっ面で作った菓子が美味くはなるまい。汝《うぬ》は難しく考えず、あるがままでいるのが性に合っておろう』

「そうかな……。うん。そうかも」

肩に上って首周りを一周すれば、冷たい鱗が素肌を撫でた。うつむき気味に頷いた
玲奈の顔の横で、霖はちろりと赤い舌を見せる。

『汝《うぬ》の指先に宿るは、汝《うぬ》の想い、魂の形そのもの。小細工など弄せずとも……汝《うぬ》の魂

は、美しい』

「うん……。なんだか大事なことを思い出せそうな気がしてきた。もう一回がんばってみようかな……。ありがと、霖」

希望を見出し顔を上げる。

するといつの間にか霖は人の姿に戻り、目の前に立っていた。懐から大きな手が伸びて、ぽんとお団子頭の上に乗る。その手の重みも、感触も、なんだかひどく懐かしかった。

玲奈はしばらく彼の手がぎこちなく頭を撫でるのに任せていたが、あるタイミングでふと、手の動きが止まる。「どうしたの？」と表情を窺うと、霖は無言のまま、ずいと顔を近付けてきた。

まさかまた先日のようにキスされるのではないかと、我に返った玲奈はあわてて一歩退く。霖はさらに一歩踏み込んで、息がかかるほど近くでじっと玲奈の目を覗き込んだ。

「のう、芋子よ。汝《うぬ》は今、気落ちしているな？　そうだな？」

「え？　まあ……うん。どちらかと言えば、そうかな？」

半ば誘導するような問いに、戸惑いつつも頷く。すると霖は近付けていた顔を戻し、うむうむとひとり何かを納得した様子で腕を組んだ。

「ふむ。かかる由々しき事態ともあらば、よもやあれしかあるまい」

「アレ？」

訝しげに問い返すと、紅い瞳はニヤリと愉しそうに弧を描いた。

「うむ。『でえと』だ。人の子の落ち込みには、効くのだろ？」

すでに時刻は夜八時を過ぎていた。

霖に促されるままレンガ色のダッフルコートを纏った玲奈は、玄関ではなく北側の勝手口から外へ出た。なんとなく、右鬼と左鬼に見つかったらいけないような気がした。

一方の霖は何だか陽気である。玲奈をひょいと横抱きにすると、悠々と冬の夜空へ浮かび上がった。

「デートしてもいいよとは言ったよ、言ったけど……。なんで飛んでるのぉぉおおおお⁉」

「地べたを這いずることしかできぬ人の子に、見下ろす愉しさを教えてやろうと思うてな」

「気持ちはうれしいんだけどね⁉」

あっという間に屋敷の瓦屋根はおろか、庭のクリスマスツリーすら遥か下。先日のツリーの飾りつけの時とは比べ物にならない高さまで浮上する。落とされてはたまらないから、玲奈は自分を抱き上げる温もりにひし、としがみついた。

「どこに向かってるの？」

「行ったことのない方へ」

「プランゼロなの⁉」

霖は賑やかな都心とは反対方面、都下へと空を切る。

こうなってはもう任せるしかないと、玲奈は早々にツッコミを諦めた。おとなしく彼の腕の中に収まって、代わりにだらしなく首にひっかけられただけの黒のウールストールをせっせと巻いてやる。

「あっ、あれは中央線……？　いや西武線、かな？」

地理に疎い玲奈には、もはやどれがどこだかわからない。昏い夜の底に息づく光の群れはどれも等しく美しく、玲奈にはそれらが波打って連なる様が大蛇の輝く鱗のように見えた。

いくつもの駅と住宅街を眼下に見送って、ふたりは夜闇を滑空した。冷たい風から庇うように玲奈の身体を抱き寄せる霖の力は思った以上に男らしく、強かった。

しばらくして、ひときわ明るい光の海が目に飛び込んでくる。

「ねえ、あそこ！　観覧車が見えるよ！　それに明かりがたくさん！　遊園地じゃない？」


玲奈が指差した先で、巨大な光の輪がゆっくりと回っていた。

そこは郊外にある小さな遊園地だった。冬季はイルミネーションに趣向を凝らしており、それを目当てにした人出も多い。

「あ……。私、ここに来たことあるかも……」

徐々に近付きその全景が露わになると、玲奈の記憶の蓋が持ち上がった。

「昔、パパとふたりで来た。観覧車に乗って、ソフトクリームを食べて……」

それは亡き父との数少ない思い出のひとつ。右鬼と左鬼を伴わず、ふたりだけででかけた大切な記憶の。

「下りるか？」

「ううん。ここからの方がイルミネーションがよく見えるよ。それに、お財布も持ってきてないし……」

なんとなく、父親との思い出は自分の胸の内だけに大事にしまったままにしておきたかった。玲奈は首を左右に振るのみで腕の中から離れようとはせず、霖もそれ以上何も言わなかった。

ふたりは何をするでもなく、園の上空をのんびりと漂っていた。

しばらくしてふと、園内のイルミネーションの明かりが一斉に消える。

「えっ、何？」

突然真っ暗になったので玲奈があわてふためく。するとふたりの前方、敷地の中心あたりでパッと一本のサーチライトの光が夜空に架かり、天を衝いた。

途端に大音量で流れ出す軽快なシンフォニー。まっすぐ天に伸びる光がぐるりと闇夜を旋回すると、その根元で一斉に水の柱が立ち上る。地上からわあ、と歓声が上がった。

ちょうど一日一回、閉園前に行われる特別なショーが始まったところだった。

半円状の巨大な人口池にジェット型の噴水が横一列に連なり、プログラム制御で音階のように水を噴き上げる。四色のライトが交差して、天へ向かって伸びる。

桃、青、緑、白。水面に反射した光は波のように揺らめき輝いた。

「わあー！　すごい！」

思わず身を乗り出した玲奈は、バランスを崩しかけてあわてて霖の首にしがみつく。

幻想的な水と光のショーだった。サーチライトが地上から闇を切り裂き、冬の夜空を彩る。水の柱が軽やかに持ち上がり、楽しげな歌を響かせる。扇状に噴き上げられた水のビジョンに、プロジェクションマッピングでクリスマス・キャロルの物語が投影された。

時間にするとわずか十分ほど。ふたりはそれをただ、無言で上空から眺めていた。

そしてあっという間に、プログラムは終わり。

周囲が再び暗くなると、観客達は一斉に出口へ向かって流れ出す。

「終わっちゃったね……」

「ああ」

「……。なんか、寂しいね」

出口へ吐き出される人波を見下ろしながら、玲奈はぽつりとつぶやいた。

「いつも思うの。お祭りの後。クリスマスの翌日。楽しかったことは必ずいつか終わってしまう。この世に永遠なんてなくて、私の手の中に閉じ込めておけるものなんて、何もないんだって」

玲奈は天涯孤独だ。父も母もない。

人の命、形あるものすべては必ず自分の手をすり抜け、やがて消えてしまう。

右鬼と左鬼、屋敷に棲むあやかし達。変わらぬものの中にただひとり囲まれているからこそ、人間である玲奈の心に潜む無常感はかえって色濃かった。

「あるぞ、永遠は」

諦めにも似た玲奈の言葉を、霖はこともなげに覆した。

「我は永遠に等しい刻《とき》を生きてきた。この先も生きるだろう。ゆえに、我こそが永遠だ。そして永遠は、汝《うぬ》の中にもある。――それは、魂」

トン、と玲奈の胸のあたりを指差す。

「魂は永遠だ。肉体が老いて朽ちようとも、魂は廻り、新たな肉体を得てまた現世《うつしよ》を揺蕩う。それが輪廻《りんね》というものよ」

「……じゃあ、霖は」

いつになく真剣で、壊れそうなほどもの哀しげに。

「その永遠のうち——いつまで私の側にいてくれるの？」

霖の赤い瞳を、玲奈の目がまっすぐ見つめた。

「だって、はじめて会った時に言ってたでしょ。私がつける名前は『食客《しょっかく》として滞在する間のかりそめの名前だ』って。だからきっと、霖はいつかふらっといなくなっちゃうんだって……」

——それが怖いの。

黒いウールストールに頭を預けて、玲奈はぎゅっと霖の羽織の襟を握った。

「ああ。そのつもりだった」

「じゃあ——」

「——だが、気が変わった」

赤い瞳は静かに伏せられ、玲奈を抱く腕の力は少しだけ強められた。

「汝《うぬ》が望むのなら。美しいもの、心躍るもの、この先何度でも見せてやろう。祭りが終われば、また別の祭りを見れば良い。何度でも。――何廻りでも」

「何度でも……。つまり、ずっと？」

「ああ。そうさな」

「信じていいの？」

「あやかしは偽りを口にしない」

はっきりと肯定されてようやく、玲奈の顔が安堵で綻んだ。

玲奈はぐしぐしと鼻を霖の胸元にこすりつけて拭う。そのお団子頭を撫でて、霖は悪戯《いたずら》っぽく笑った。

「ふむ。ならば手始めに、今の水芸をもう一度見せてやろうか？」

霖は玲奈を抱いたままクン、と下から上へ顎をしゃくった。

すると突然、先ほどまで美しいショーを見せていた噴水から、どどおっ！　とものすごい質量の水が噴き上がった。まるで温泉か油田でも掘り当てたかのごとき勢いで噴水口から水柱がほとばしる。その高さは優に数十メートルに達した。

「わーーーっ⁉　ちょ、ちょっと霖！　あなたがやったの⁉」

「意外と力加減が難しいな」

そう言ってクイ、と顔を横に傾ける。すると蛇口の栓をひねったみたいにほんの少しだけ、水柱の勢いが弱まった。

「ちょっと、冷たいって！　てか周りの人もびっくりしてるじゃん！」

立ち上る水柱から水飛沫が広範囲に撒き散らされて、雨のように降り注ぐ。噴水の周囲に残っていた地上の人々は、何が起きたのかとパニックになっていた。

玲奈はとっさに霖の羽織の中に頭を突っ込み、濡れないように自分を庇った。霖はそれを気にも留めずに、今度はふうー、と虚空に向かって白い息を吐く。

すると瞬時に周囲の空気が冷えた。雨粒は凍りつき、輝く雪へと変わる。

「あ……、雪！」

霖の胸元から、玲奈の楽しげな声が覗いた。

同時に、ものすごい勢いだった水柱はピタリと止まり沈黙する。空高く噴き上げられた飛沫は、きらきらと煌めく雪になって空中を舞い始めた。

玲奈は羽織の合わせ目から顔を出し、闇夜へと手を伸ばす。

「わあ〜、すごい！」

子供のように無邪気に笑って、霖の真似をしてフ〜と空に白い息を吐く。

「うふふ。たぶん私、東京でこの冬一番最初に雪を見ちゃったね」

玲奈の笑顔につられて、霖の表情もわずかに緩んだ。

「霖はすごいね。霖は綺麗なもの、人をわくわくさせるものを生み出せるんだね。それはね、私がパティシエールとして目標にしてることなの。霖には、それができるんだね」

いいなあ、とお団子頭に雪の粒を乗せた玲奈が羨望に満ちた顔で霖を見上げる。だが優しげに細められていたはずの赤い瞳は、そこでふいと逸らされた。

「我は何かを生み出したことはない。ただ壊すだけの存在として望まれた。……ずっと昔から」

彼の真名《まな》は高志之八俣遠呂智《こしのやまたのおろち》。

その本性は生まれながらの破壊の化身である。古くは古事記・日本書紀に「甚畏《いとかしこ》むべし（大変に恐れなければならない）」としてその名が刻まれている。

しかし玲奈はピンと来なかったのか、ただ「ん？」と小首を傾げた。

「……なんで？　霖は今、たくさんの人の笑顔を作ってるじゃない。ほら」

玲奈の指差す地上を霖が見下ろすと、人々は皆一様に空を見上げ、天に向かって手をかざしていた。舞い散る銀の雪を全身で受け止め、寄り添い笑い合う明るい声が聞こえてくる。

「すごいね。……綺麗だね」

柔らかい笑みで人々を見守る彼女の横顔を、霖はひどくせつなげに見つめて。かと思うやすぐにいつもの調子で不遜に鼻を鳴らした。

「我は『霖』であるゆえな。このようなこと、造作もない」

かつて悪しき神と畏れられた彼が、霖と名付けられることによって投げかけられた小さな波紋。それは静かに彼の心に広がり、いつの間にか彼自身を揺り動かすさざ波となっていた。

《霖と名付けられて、きみの魂の在りかたは少し変わった。だけどそんなに簡単にきみのすべてが――邪神《じゃしん》の本質が変わるのか？》

七弦の問いが木霊する。

難しい顔で月を睨んだ霖の腕の中で、くしゅん、と玲奈がくしゃみした。

「霖、連れてきてくれてありがとう。そろそろ帰らない？　右鬼と左鬼に見つかったら怒られちゃう」

怖い怖い、と肩を竦めて、霖の黒髪に積もった雪を払う。すると霖は冷えきった玲奈の手を掴み、己の頬に寄せた。

「我は霖だ。――霖に、なりたい」

はたして、その言葉の意味を理解していたのか。

差し出された頬を撫で、あっけらかんと玲奈が笑う。

「何言ってるの。ずっと前から、霖は霖だよ」

霖の頬に触れた雪がひとひら、彼の内に眠る熱でふわりと溶けて、消えた。

あっという間の「でえと」は終わり、ふたりが芦屋の屋敷へと戻ってきた時には午後十一時を回っていた。

「霖、楽しかったよ。ありがとう」

右鬼と左鬼に見つからないよう静かに庭に降り立って、「そーっと戻ろうね」と玲奈は口の前に人差し指を立てる。

すると突然、霖がその手を掴んで引き寄せた。

強い力で顔と顔を近付けて、玲奈の左の耳朶を食む。吹きかけられた吐息と共にピリッとした痛みが耳に走り、玲奈は思わず「ちょっと⁉」と大声が出てしまった。

名残惜しげにゆっくりと顔を離した霖は、赤い舌を覗かせニヤリと笑う。

「挨拶だ、挨拶」

「もう！　海外ドラマの観すぎ！」

もう一度叫んでしまってから、あわてて口を押さえた。

ぶつくさと小声で文句を言いつつ前庭から北の勝手口へと回ったところで。

敷地の外のどこからか、がやがやとした喧騒が耳に飛び込んできた。

バーロイ！　やってられるカってんダヨォ～。

おぼえてやがれヨ、このヤローメ！

スカポンタン！　人デナシー！

「えっ何……、酔っ払い……？」

この時間帯、ましてや閑静な住宅街に不似合いなガラの悪い罵声に玲奈は眉をひそめる。すると後ろにいた霖がすい、とひとり上空へ浮かび上がった。敷地の周囲を見渡して、すぐにまた降りてくる。

「百鬼夜行《ひゃっきやこう》だな」

「えっ⁉」

平然と言われて玲奈はぎょっとした。

「百鬼夜行《ひゃっきやこう》って……あやかしがゾロゾロとそこらを練り歩いて、見ちゃうと寿命が縮むとかっていうアレ？」

「見たところ、低位の付喪神《つくもがみ》共がちぃとかしがましくしておるだけよ」

なめんじゃネーゾ、べらぼ～メェ。

オ～イ、酒持ってコイ、酒！

「な、なんだかずいぶんと不満がたまってそうというか、騒いでるけど……」

コウナリャひとつ、歌でも唄うカァ～。

いーゾやっタレ！　ァ、ソーレヨイヨイ。

玲奈からすればかなり騒々しいのにもかかわらず、周辺の住人が様子を見に出てくるでもない。あるいは、普通の人間にはこの声は聞こえていないのかもしれない。

「捨て置け。どうせたいしたことはできぬ」

「うん……」

霖の言う通りに無視を決め込んだものの、結局夜通し賑やかなどんちゃん騒ぎがやむことはなく、玲奈はほとんど眠ることができなかった。

そして翌日。

やはり夜になるとどこからともなくやかましい声が聞こえてくる。

オレ達ゃ～由緒正しき～最優のォォオオ。

「うるさくて寝られない！」

調子っぱずれの歌を聞かされて、玲奈はたまらず布団から飛び起きる。

頭を抱え悶えていると、ふすまの向こうから霖が合いの手を挟んできた。

「ならば我が共寝してやろう」

「どさくさに紛れて変なこと言わないの！」

すげなく返して、勢いよく頭に枕を被る。

そのまま新作メニューの構想に思いを馳せつつなんとか眠気に身を任せようとしたが、この日も満足に眠ることは叶わなかった。

三日目。

就寝前に風呂に入っていると、換気用にわずかに開けた小窓の隙間から例の喧騒が入り込んでくる。玲奈はぴしゃりとガラス戸を閉めたが、それでも時折漏れ聞こえる罵詈雑言のせいでせっかくのリラックスタイムはさんざんだった。

四日目。

閉店後のキッチンで作業をしていると換気扇の通気口からいつもの声が——

「ああああもうっ！　さすがに我慢できない！　私、ちょっと文句言ってくる！」

ついに耐えかねた玲奈は、ダッフルコートを引っ掴むと夜の住宅街へ飛び出した。

耳を頼りに屋敷の東へ足を向けると、夜はほとんど人通りのない路地にぼんやりと明るい一帯がある。

貌《カタチ》を持たない低位あやかし達がふわふわと光り漂う中心に、彼らはいた。

「ちょっとあなた達！　夜中に大声で騒がないでよ、近所迷惑！」

開口一番強気にまくし立てると、場末の居酒屋のような騒ぎはピタリとやんだ。

「ナンダァ嬢ちゃん、オレタチに用カァ？」

そう言って、腕を組みドスを効かせてこちらを見上げてくるのは――黄色いつなぎのベビー服だった。

見れば周囲の他のあやかし達も皆、くたびれたベビー服、ガラスの曇った哺乳瓶、レトロなカラーリングの起き上がりこぼしにガラガラ……と、すべてベビー用品ばかりである。その数、「百鬼」には到底及ばないが優に十は越えていた。

黄色いつなぎのベビー服はまるで中に透明人間が入っているかのように器用に二本足で立って、腕組みのままこちらにメンチを切った（ように見えた）。

「オゥオゥオゥオゥ、こちとら泣く子も黙ル高級ブランド『ファシリエ』のベビー服ダゾォ⁉　ソコラの吊るし売りとはワケガ違うンでい！」

「ソォダソォダ、コノ信頼の証のクマチャンマークが目に入らネェノカ！　コンコンチキのまな板娘ガ！」

黄色いのが威勢よく啖呵を切ると、白やら青やら他のベビー服達も立ち上がり、徒《と》党《とう》を組んで玲奈を取り囲む。

その様子を、ぼんやりと光る手足の生えた哺乳瓶達がやんややんやと囃し立てた。

「ふ、ふうん。あなた達、威勢のわりにはずいぶん古そうね。なんか黄ばんでるし」

こんこんちきのまな板、とこき下ろされた玲奈は、負けじと仁王立ちでベビー服達を見下ろす。

街灯の明かりと低位あやかし達の霊力の光に照らされた百鬼の集団をよくよく見れば、ベビー服達はどれもかなり年季が入っているらしく、かわいらしいレースの襟は萎れ、シミやら食べ零しの跡がうっすら残っている。

「カーッ！　わかってネエ、わかってネェナ！　ミルクの吐き戻しのシミすらサマになルル、ソレガ安心安全の『ファシリエ』のクマチャン印ダローガ！　シロートは引っ込んでナ！」

黄色いのは、ないはずの顔からぺっぺっ、と霊力の痰《たん》を吐き出した（ように見えた）。

「いーゾいーゾ！」「やっちまいナ！」と調子づくあやかし達のキンキン声に、玲奈は頭を抱える。

「あーも～！　あなた達がすごいクマチャンのベビー服だっていうのはわかったから！　……じゃあ質問を変えるけど、なんでそのすごいベビー服さん達が深夜にこんなところでくだを巻いてるの？　一体どこから来たの？」

玲奈の問いかけに、ワァワァと拍手喝采していた（ように見えた）あやかし達はしん、と静まりかえる。

「……オレ達ャズット、暗い箱の中に閉じ込めラレテタ」

ぽつりと、水色地に自動車のアップリケのついたベビー服がつぶやいた。

「ヨウヤク狭～い押し入れの奥から出されてヨォ、三十年ぶりに新しい赤ん坊の身ぐるみにナレルってェんで意気揚々とこの街にヤッテ来たワケヨ！」

「そしたらナ、引き取り先の女がオレ達を見た途端、真っ青になってヨォ……。そんでオレ達ャ、ココに置き去りにされたってェスンポーよ」

他のベビー服達も次々に我が身を訴え始めて、「ココ」と道の端にある電信柱を指差した（ように見えた）。そこはこの地域のごみ集積所である。

要は、置き去りではなく捨てられたということだ。本人達は認めないだろうが……

「それであなた達はどうしたいの？　このままずっとここで愚痴ってたってらちが明かないじゃない」

「ソリャアモチロン、オレ達ャ揃いも揃って一流のベビー用品だからヨォ、赤ん坊の世話をするのが筋ってモンダローガ」

「うーん……」

シンプルな、しかしやや無理のある注文に玲奈は言葉を詰まらせた。

「正直に言うけど……あなた達が赤ちゃんのお世話をするのは難しいんじゃないかな……？」

「ナンだとォ⁉　このスットコドッコイ娘！」

「ちょ、ちょっと落ち着いて。そりゃモッタイナイの精神は大事だけどさ……。さすがに三十年も前のお下がりのベビー服を自分の子に好んで着せるお母さんっていないんじゃない？　哺乳瓶とかだって、普通は新しいものを買うんじゃないかなあ」

薄汚れた、という形容詞は彼らの名誉のために使わないでおく。

それでもベビー服達は、皆しゅんと肩を落とした。

「それでもヨォ、セメテかわいい赤ん坊の顔でも見ネェことにはオレ達だって浮かばれネェ。成仏デキネーヨ……」

霖の言った通り、彼らは付喪神だ。長い年月が経った道具に意思が宿ったあやかしである。

普通、数十年程度で器物に自我が芽生えることはほとんどないはずだが――恐らく、元の持ち主が彼らに非常に強い思い入れ、執着を持っていたことが影響したのだろう。

以前、七弦が似たような話をしていたのを聞いた覚えがあった。

ベビー服達の後ろで、日に焼け色あせた起き上がりこぼしが不安そうにころりん、と音を鳴らす。玲奈は少しだけ考える様子を見せてから、ハァ、と寒空に白いため息を吐いた。

「わかった。じゃあ私が、あなた達の持ち主を捜して送り届けてあげる。どちらにしろここに捨てられたままじゃゴミ出しルール違反で回収してもらえないし……。でもごめん、あなた達の望みを叶えてあげられるかは保証できないよ。ダメって言われちゃう可能性もあるけど、いい？」

なるべく穏便にそう言い聞かせると、あやかし達は互いに顔を見合わせた（ように見えた）。

「もし断られちゃったら、どこかの神社に持ってってお焚《た》き上げしてあげるよ。それとも、巾着にでもリメイクして私が使ってあげようか？」

玲奈の提案に、黄色いのはもじもじと両腕を後ろ手に組む。

「バ、バッカヤロォ。オレ達にだってベビー用品のプライドってモンがあらァナ。そン時は潔く腹くくって土に還ってやらァ……」

ずいぶんと殊勝になった百鬼夜行《ひゃっきやこう》達に、玲奈は微笑んだ。

「うん。じゃあ、今日はもうこんなところで騒ぐのはやめてうちにおいで。元の持ち主のところに行く前に、できるだけ綺麗に洗ってあげるから」

玲奈がしゃがんで両手を広げる。

するとそれまで粗暴な態度を貫いていたあやかし達は、赤子のようにわらわらと集い、レンガ色のダッフルコートの腕に抱かれた。

「また妙なものを拾いおって……」

その様子を、やや遠くの上空から。

かつて同じく彼女に拾われた蛇は、闇夜にぼそりと独り言ちた。

◇◇◇

『おい。お嬢がまたヘンなもんを拾ってきたぞ』

『ええ、本当に……。犬か猫でも拾うようにあやかしを連れて帰ってきますからね。昔から』

『まあ、今回のはやかましいだけで無害そうだからいいけどよ』

『それより問題は霖《アレ》です。玲奈さまに必要以上に馴れ馴れしく触れたり、勝手に夜に外に連れ出したり……』

『お嬢もお嬢だ。うちのお姫さまには危機感っつうもんが足りねえ。だが――』

『ええ。年内にはカタがつくでしょう。なにせ陰陽頭が自らそう言っていましたからね』

『チッ。よりもよって安倍の一族の手を借りるってのが気に食わねえな……』

『仕方ないでしょう。――すべては玲奈さまの平穏のためですから』

本日、カフェ 9-Letters《ナインレターズ》は定休日。

双子が念話で密談する視線の先には、張り切って南側の庭に物干し台を広げる玲奈がいた。

「今日は洗濯日和だねー！　この調子なら午前中のうちにみんな乾きそう」

「オォ～、久々のお天道サマだゼェ」

「シャバの空気はウメェナ！」

「ゴクラク、ゴクラク」

さんさんと降り注ぐ冬の日差しは平年よりややあたたかい。青空の下、丁寧に皺を伸ばして干されたベビー服達は口々にリラックスした感想を漏らした。

「ふふっ、だから言ったでしょ？　夜中に愚痴言ってだべってるより昼間の方が気分がいいよって」

「アァ、そうダナ。こんな感覚ずいぶんと忘れテタゼ」

リーダー格の黄色いベビー服が、風になびきながら答える。

「嬢チャン、アリガトナ。綺麗に仕上げてくれてヨ」

「ううん。襟の黄ばみとかシミも綺麗に落ちればよかったんだけど、さすがに時間が経ちすぎててダメだった……。ごめんね」

玲奈は今朝も五時に起き、洗濯機を回す前にベビー服達の状態をひとつひとつ確認し、丁寧にシミ抜きを試みた。

「もう一度赤ん坊の世話がしたい」という彼らの夢を叶えるため、少しでも綺麗にしてその望みに近付けてやりたかったのだ。

「イヤ、感謝シテルゼ。このシミはオレ達が遥か昔に赤ン坊を育てた印で、いわば勲章みたいなモンサ。気にしちゃイネ〜ヨ」

「そうだね。すごいね」

出会った時には薄汚れて見えたシミや食べ零しも、彼らがかつて赤ん坊を慈しんでいた証だと知れば不思議と親しみを感じる。

「うちには赤ちゃんがいないからなあ。着せてあげられなくてごめんね」

玲奈は冗談ぽく笑った。

彼女は昔、道端で赤ちゃん——もとい水子《みずこ》の霊を拾ってきたこともあるのだが、さすがにその時は早々に右鬼と左鬼が輪廻《りんね》に還している。

「オォン？　ならこれから生みゃアいいジャネーカ」

「や、さすがにそれはちょっとすぐには……無理かな……」

「あやかしの兄チャンばっか侍らせてないで、サッサと人間の男捕まえろヨナ」

「あはは……」

「聞き捨てならんな」

黄色のセクハラ発言に玲奈がたじたじになっていると、いつの間にか後方に立っていた霖が口を挟んだ。

寄ってきて後ろから玲奈の腰を抱くと、お団子頭に顎を乗せてくる。

「我が侍っているのではない。芋子が我のものなのだ」

「私は霖のものじゃないし芋でもありません！」

玲奈はイーッと歯を見せて抗議する。そうすればいつものように「可愛げのないやつめ」と笑い飛ばしてくるかと思いきや、霖は黙ってしまった。

腰を抱いたままぷいとそっぽを向かれたので、なんだかこちらが悪いことをしたような気分になってしまう。

「ね、ねえ、霖。この子達の元の持ち主を捜したいんだけど、いい方法ないかな？」

「なぜ我に聞く」

「霖はなんでもできるんでしょ？　『我にできぬことなぞない』っていつも言ってるじゃん」

「知らん。小童《こわっぱ》にでも訊けば良かろう」

最近の七弦は、師走《しわす》に入ったということもあり忙しそうだ。「クリスマスイヴは絶対に空けておくから」と言ってくれているが、きっとその分も今働いているのだろうと思うと余計なことは頼みづらい。

「七弦には、いつも助けてもらってるから。頼るばっかりにはなりたくないの」

「我は良いのか」

「霖にはいつもご飯作ってあげてるし、だいぶ貸しがあると思うんだけどなー？」

そう言ってちらりと肩越しに見上げると、霖は「む」と少し困ったように眉を寄せる。その様子がおかしくて、玲奈は思わず破顔した。

「……なぁんてね。冗談！　別に貸しだなんて思ってないよ。頼りにしてるの、霖のこと」

頼りにしてる、という言葉に自尊心をくすぐられたのか、霖の鋭い瞳が少し緩む。

「そうか。ならば叶えてやっても良い。我は偉大だ。我を頼れよ」

「うん！」

「して、その小うるさい付喪神共の元いた場所だが」

「うん」

「我らもこの間行ったばかりぞ」

「えっ？」

玲奈はぱちくりと目を瞬かせた。

陽の光をたっぷり浴び、少しふんわりとしたベビー服達を丁寧に畳んで。

水洗いのできる小物類は洗い、それ以外もできるだけ綺麗にアルコール消毒して拭いてやった。

百鬼達を段ボールに詰めた玲奈は、霖の導きで彼らの持ち主だという人物の元へとやってきていた。段ボールを抱えたまま、緊張の面持ちで低層マンションの二階のインターフォンを鳴らすと。

「……はい」

しばらくの間の後に、インターフォン越しではなく、直接玄関のドアが開いた。

「こんにちは！」

「……玲奈、さん？」

覇気のない面差しで、ドアチェーン越しにこちらを見つめていたのは——先日雨の日に知り合った子連れの主婦、遥香だった。

突然の訪問に、遥香は戸惑いがちにこちらを見ている。

「何か、ご用ですか……？」

「あの、道端で落とし物を拾って。もしかして遥香さんのものじゃないかな〜と思って持ってきたんですけど」

なるべく警戒心を抱かせないように、玲奈はにこりと笑う。段ボール箱を胸の高さまで持ち上げてみせると、不意に扉の向こうで赤ん坊が泣き出す声が聞こえた。

しかし、遥香は固まったまま動かない。

「……遥香さん？」

怪訝そうに遥香の顔を覗き込むと、どこかぼんやりとした表情で見つめ返される。明らかに元気が、いや生気がないので、玲奈は思わず問いかけた。

「遥香さん。今日、お昼ごはんは何を食べました？」

「え……？　……何、だったかな……」

歯切れ悪く濁す様子から、直感的に「きちんと食べてないんだな」と感じ取る。玲奈はとっさにドアの隙間に脚をねじ込むと叫んだ。

「あのっ！　トイレ貸してください！　……あとついでに、キッチンも！」

こうして、半ば強引に遥香の自宅に上がり込んだ玲奈は、遥香をリビングのソファに座らせると持ってきた百鬼入り段ボールを脇に置く。

彼女の了解を得てから、綺麗に片付けられている対面式のキッチンに立ち入り冷蔵庫を開ける。もちろん、トイレを借りたいと言ったのは方便だった。

食パン、卵、牛乳……

ざっと確認した限り、一般の家庭に常備しているような食材はだいたいある。

「遥香さん、食事をちゃんとしてないんじゃないですか？」

「……今日は、バタバタしてて。お昼を食べるのを忘れてました……」

「あの。私、今度お店で新しいメニューを出したいなと思ってるんです。もしよかったら、今から試食してもらえませんか？」

もちろんこれも方便だったが、玲奈の笑顔に、遥香はただコクコクと頷いた。

「霖は幸翔《ゆきと》くんをあやしてあげてよ！」

リビングの脇に置かれた電動ゆりかごの中で愚図っている赤ん坊、幸翔を指差すと、部屋の入り口に突っ立っていた霖が動揺した声を上げる。

「わ、我が？」

「子供をあやすの得意でしょ？」

霖は先日、遥香をこの家に送り届けた際に、泣きわめく幸翔を指でつついておとなしくさせている。

「……我にできぬことなぞない」

霖がひょいと脇に手を入れて抱き上げると、幸翔はつぶらな目を見開いてぴたりと泣きやんだ。

意外と器用に赤ん坊を抱く霖に笑みを漏らして、玲奈は遥香のために簡単な食事を作ることにした。

メニューはフレンチトースト。

割りほぐした卵に牛乳と砂糖少々を加え、食パンを浸す。

本来ならパンが卵液を吸うまでしばらく時間を置く必要があるが、卵液の入ったバットごと電子レンジであたためることで、この工程を短縮した。

その間につけ合わせの野菜を用意し、ベーコンをカリカリに焼く。食パンが卵液を吸ってぶくぶくに太ると、形が崩れぬようそっとフライパンに移して蓋をした。

疲れきった遥香の心が少しでも癒え、しあわせな気持ちを思い出すように。

そんなささやかな願いを込めながら、弱火でじっくりと熱を通す。

「はい。お待たせしました」

作業時間わずか十五分ほど。

有り合わせの材料で作られた、シンプルなフレンチトーストが完成した。

「いただき、ます」

遥香がナイフを入れると、ふんわりと柔らかく震えてふたつに分かれた。崩れぬようにそっとフォークで持ち上げ、ベーコンの切れ端と共に口に運ぶ。

「……甘い……」

シロップもクリームも乗っていない。しかし遥香の口には、たしかな甘みが広がっていた。

「甘いものは控えてるってこの間言ってたから、お砂糖は少ししか使ってませんよ」

「じゃあ、なんで……?」

「ひとつは塩味です。しょっぱいものと一緒に食べると、甘さが引き立つから。それからもうひとつは、香り」

そう言って、玲奈はキッチンの方を指差した。

「調味料の棚にバニラオイルがあったので使わせてもらいました。遥香さん、元々はよく家でお菓子を作ってたんじゃないですか？　他にも製菓の材料が色々あったので」

「はい……。でも最近は、そんな余裕もなくて全然作ってないですけど……」

恐縮して小声でつぶやいた遥香に、玲奈は優しく微笑んだ。

「きっとね、遥香さんの体が覚えてるんですよ。甘いものを食べて『しあわせ～！』って思った時の香りを。それがこのバニラオイルです」

遥香は何かを思い出したかのように、二口目を口に入れる。三口、四口、と無言で咀嚼し続けて。

そしてぽろりとひとつ、目から涙を零した。

「おいしい……おいひいよお………」

彼女はしばらく泣きながら、フレンチトーストを食べ続けた。

「あの、変なところを見せてごめんなさい。それから……ごちそうさまです」

つけ合わせのサラダまで綺麗に完食した後、遥香は丁寧に頭を下げた。

「甘いものを食べたのも、誰かに食事を作ってもらったのも本当に久しぶりで……。フレンチトースト、すごくおいしかったです」

「お口に合ったならよかったです！　あの、私は子育てのことよくわからないし、あんまり偉そうなこと言えないですけど……。無理して食べたいものを我慢するのって、かえってよくないんじゃないかなあって……」

「でも、お義母さんが……。義理の母が、母乳で育てないと愛情が足りない子になるって。幸翔の夜泣きがひどいのは、母親の私がちゃんと抱いてあげたりしてないからだって」

「そんなこと！」

反論に思わず声を荒げた玲奈は、ハッとして口元を覆う。そして一呼吸の後に、「そんなこと言わないでください」と小さく続けた。

「私、生まれてすぐに母親が亡くなったんです。だからたぶん、遥香さんのお義母さんがやらないとダメって言うようなこと、ほとんどしてもらえてなかったんじゃないかなって思います。……でも！　それでも私、こんなに元気に大きく育ってますから！」

だから大丈夫ですよ、と言いたかった。

玲奈は母親を知らない。だからこそ、遥香には赤ん坊と過ごすかけがえのない時間を、世間体や俗説といった呪いに囚われたまま過ごしてほしくなかった。

しばらく女ふたりで黙っていると、自身の指を握らせたまま幸翔を抱いている霖が、ふたりの座るダイニングテーブルの方へ寄ってきた。

「この赤子が良く泣くのは、只人《ただひと》は視えぬものが視えるからであろう」

霖の腕の中で、赤ん坊はすやすやと寝息を立てている。

「この赤子には見鬼《けんき》の才がある。ゆえに汝《うぬ》にまとわりついておる生き霊が視えていたのであろうな。それが原因よ」

「えっ……？」

遥香が戸惑いを見せたので、玲奈はあわてて言葉をつけ足す。

「えーとですね、要は幸翔くんにはちょっとした霊感みたいなものがあって……」

「霊感、ですか？」

遥香の眉間に怪訝そうに皺が寄る。

正確に説明しようとするとどうしても胡散臭く思われてしまうようだと悟り、玲奈は必死に言葉を選んだ。

「つつつつまりその、幸翔くんは他の人より少～し敏感に物の気配とかを察知しちゃうタイプなんですって。とっても繊細ってことですね！」

「目は閉じてやったから、これで突然泣くことも減ると思うが」

「そんなことできるの？」

「我にできぬことなぞない。……まあ、仮の封印にすぎぬゆえ、物心つく頃にはまた視えるようになろうがな」

霖のお決まりの台詞がこれほど頼もしく思えたことはない。

玲奈の表情はぱあっと明るくなった。

「よかったですね遥香さん。えーっと、実は霖はこう見えてスゴ腕の鍼灸師《しんきゅうし》なんです！　幸翔くんがリラックスできるツボをついたから、もう大丈夫だって！」

「そうなんですか……？　でも、たしかに霖さんに抱かれている時はいつもよりおとなしかったかも……」

「で、でしょ⁉　ほら、やっぱり遥香さんの育てかたのせいじゃなかったってことですよ！」

そう言って向かいに座る遥香に笑いかけると。

「う、うう……うわぁぁあああん……！」

彼女の心を縛りつけていた呪いが解けたのだろう。遥香は今一度大粒の涙を流し、子供のように泣いた。

その後、遥香はぽつぽつと話してくれた。

夫の母親――つまり義母に孫を期待され、生まれると今度は過干渉気味に育児に口を出されるようになったこと。

三十年前の自分の育児の知識が絶対的に正しいかのように語られ、ついには夫が赤ん坊の時に使っていたベビー用品を送りつけられて「使ってね」と言われて。

まるで自分の子育てが義母に乗っ取られたかのように思え、絶望的な気持ちになったそうだ。

「気付くと、送られてきたベビー用品を箱ごとどこかにフラフラと捨ててきちゃってたみたいで……。後からお義母さんに『アレはどうしたの？』って言われたらどうしようって、怖くなってきて……。玲奈さんのおうちの近くに不法投棄しちゃってたみたいでごめんなさい……」

そんな風に言われたら、遥香に対して「あのベビー服達を着てあげてください」とは言えなくなってしまった。

一通り話し終わると、遥香は安心したのかソファで寝入ってしまった。

先ほど玲奈の勧めで夫に「早く帰ってきてほしい」と連絡を入れていたので、とりあえず玲奈達はこの家の主人が帰ってくるまで待つことにする。

「先日の生き霊の主は、義理の母親だろうな」

霖の言葉に、玲奈は頷いた。

「また憑《つ》かれちゃう可能性ってある？」

「さあな。当人同士の関係次第だろう。この母親自身が心身共に強く在れば、多少の雑念を飛ばされたところで払い除けられようよ」

「幸翔くんのおばあちゃんも、きっとよかれと思ってやったことだと思うんだ」

玲奈は百鬼達の詰め込まれた段ボールを持ってくると、膝の上でそっと開けた。

（そうだよ。きっと遥香さんのお義母さんだって、悪意でこれを託したわけじゃないはず。だってこんなに大切に大切に取っておいた思い出の品なんだもの……）

「ごめん。みんなのお願い、叶えてあげられないかも……」

箱の中へ話しかけると、黄色が「聞イテタヨ」と返してきた。

「あの若い母親はヨォ。オレ達みたいナ古臭いベビー服を送りつけラレて、嫌がらせだと思ったンダローナ」

「オレ達がいくら『ファシリエ』の高級ベビー服でもヨォ……。ソリャア我が子には、新しくて綺麗で……自分が選んだおべべを着せてやりテェヨナ」

「オレ達ャ所詮、シミッたれたゴミでしかナイノサ」

「そんなこと、ない……」

玲奈が首を左右に振ったところで、玄関のドアの鍵が回った音がする。スーツ姿の男がバタバタとリビングまでやってきた。

「遥香、大丈夫か？　今帰ったぞ！」

「あっ、お邪魔してます。遥香さん、かなり疲れてたみたいで。今は幸翔くんと一緒に寝ちゃってます」

玲奈の指摘に、遥香の夫は声のボリュームを落として頭を下げる。

「妻を助けてくださって、どうもありがとうございました。俺も仕事ばかりでなかなかかまってやれなくて……」

「かなり悩んでたみたいですよ。おばあちゃんから色々アドバイスされるのを、負担に思ってしまってつらいって」

幸翔の祖母は彼にとっては実の母だ。できるだけ責める言いかたにならぬよう気をつけながらも、ちくりと告げてやる。彼は玲奈の言葉の意図を正確に理解したらしく、ますます小さくなって再び頭を下げた。

「これが遥香が電話で言ってた、母さんから送られてきたお古、ですか……？」

頭を下げた視線の先に、玲奈の膝の上の段ボールがある。

男は箱を受け取って怖々開けると、一番上の黄色いベビー服を広げ持った。

「おいおいこれ……俺や弟が赤ん坊の時に着てたやつじゃないのか？」

まさか自分の母親が、後生大事に成人した息子のベビー服を取っていたとは思わなかったのか、はたまたそれを孫に着させるつもりで送りつけてきたことに驚いたのか、驚愕の眼差しでクマチャンマークを見つめている。

「……いくらなんでも三十年前のベビー服を孫に着せることはないだろうよ……。遥香は困ったろうな。母さんには俺から話さないと」

どうやら母親の肩を持ったりすることはないようだとわかり、玲奈は安堵のため息を心の中で漏らす。

「いやしかし、懐かしいなあ。写真で見たことある服ばかりだ」

男はしげしげと段ボールの中身をあさり、ひとつひとつを手に取っては眺め出す。

すると突然、段ボール箱全体が淡く発光した。

『アア……。オレ達の。オレ達の赤ン坊ダ』

どこからともなく、慈愛と懐古に満ちた「黄色」の声が響いてくる。

『コンナニデッカクなってヨォ……』

『オレ達の役目ハ、トックノ昔に終わってタ。オレ達はゴミじゃナカッタ。ダガ……この世での役割ハ、もう果たし終えてタンダ』

「えっ……。みんな？」

玲奈が声をかけるよりも早く。

段ボールを包んでいた光はふわりと舞い上がり、男の周りをくるりと一周すると。

そのまま部屋中にきらきらと四散して——やがて消えた。

――嬢チャン、アリガトナ。

そのつぶやきを最後に、百鬼達の声が聞こえることはもうなかった。

その後、遥香に育児を任せきりにしていたことを謝罪した彼女の夫は、早速母親に電話をかけていた。子育てはふたりでがんばるから、口出しせずにまずは見守っていてほしいと。

これからはそれぞれがもう少しだけ相手を気遣い、適切な距離感を築けたなら。きっと遥香達は上手くやれる。そんな気がした。

「機嫌が良いな」

カランコロンと霖の下駄が鳴る。

夕日に照らされた帰り道を、玲奈と霖は並んで歩いていた。

玲奈は何か歌を口ずさんでいる。霖の指摘に、少しだけはにかんで頷いた。

「うん。右鬼と左鬼に『ありがとう』って言いたいなと思って。私にとってはあのふたりが親みたいなものだから。……改まって伝えるのはちょっと恥ずかしいけど」

言いながら照れ臭くなったのか、玲奈は「そういえば」と別の話題へ水を向ける。

「それにしても霖、赤ちゃんの面倒をみるの本当に上手だったね」

「我にできぬことなぞない」

案の定お決まりの台詞が出てきたので噴き出してしまう。

「子育てって大変そうだけど……。でも、赤ちゃんってかわいいね」

「ああ。赤子は愛《う》いな」

そっけない言葉が返ってくるかと思いきや、霖は「赤子は無垢で、温いな」と目を細めている。その優しい表情に、玲奈の心も自然とあたたまる気がした。

「私もいつか、お母さんになるのかなあ」

「汝《うぬ》の生む子は、可愛かろうな」

「ふふふ、そうかもね。霖だって、いつかお父さんになるかもしれないじゃん」

「……あやかしは子は成せぬ」

それまでの軽快な会話がピタリとやんだ。

突き放すような霖の声色。急に目の前で重い緞帳《どんちょう》を下ろされたような感覚がして、玲奈は隣の彼の顔を見上げる。

「あやかしは歳を取らず、老いることはない」

霖は玲奈と視線を合わせず、前を見ていた。

感情の色を乗せることなく、淡々と。ただありのままの事実を述べるかのように。

「あやかしは生まれながらにして、魂の在りかたが定まっておる。あの百鬼達が、赤子を慈しむために生まれたように」

《邪悪なる者。破壊と混迷をもたらす者。その瞳は鬼灯《ほおずき》より紅く、その威光は八つの丘、八つの谷に渡る》

「異なるのだ。根本が。……人とあやかしでは」

過日の七弦の言葉が胸の内に去来《きょらい》し、霖に突きつける。人とあやかし、二者の間に横たわる決定的な違いを。

彼は、生まれながらに悪と定義された存在だった。

人は皆、畏れと尊崇、絶対的な力への憧憬と共に彼の名を呼ぶ。偉大な名は彼を縛り、他の在りかたを許さなかった。

「う～ん……そう？　私はむしろ、逆だと思ったけど」

けれど諦めの色が滲む霖の言葉を、玲奈はさらりと否定した。

面食らって彼女を見れば、玲奈は真ん丸の瞳で曇りなくこちらを見上げていた。

「だって、息子と孫を思う気持ちが強すぎて、遥香さんのお義母さんは生き霊になっちゃったんでしょ？　そして、百鬼のみんなは三十年前の『赤ん坊』を、自分の本当の子供のようにずっと大事に思ってた。どっちも、根本は同じなんだよ。誰かを想う気持ち……。それは、人とあやかしで変わらないんだなって。私はそう思ったよ」

それにね、と彼女は続ける。

「私もね、今日やっとわかった気がするの。この間霖に言われた言葉の意味が。私の作るスイーツに『足りないもの』は何かって」

「ほう?」と霖が少し興味ありげな相づちを返せば、弾む声が返ってくる。

「今日、遥香さんに作ったフレンチトースト。特別な材料もなかったし、斬新なところは何もない、本当にごく普通のフレンチトーストだったの。……でも」

玲奈は霖の右手を取った。

人とあやかし。決して交わらないものの垣根を越え、今の自分の正直な気持ちが、少しでも彼に伝わるようにと。

「でも、『おいしい』って言ってくれた。涙を流しながら、喜んで食べてくれた。それで思い出したの。私はスイーツでみんなをしあわせにするのが夢だったんだって。びっくりとか映えとか、そういう目先のことじゃなくて。——霖が気付かせてくれたんだよ」

霖はじっと黙って耳を傾けている。玲奈はもう一度、ぎゅうと彼の手を握った。

「……それってつまりは、私がお菓子に込めた想いは、いいものもそうでないものも、ちゃんと霖に届いてたってことだよね……?」

玲奈がまっすぐ鬼灯《ほおずき》の瞳を見つめれば、かつて人々を恐怖に陥れた真紅の輝きは優しい光を湛えていた。

「人の子とはかくも弱く、果敢無《はかな》きものよ。言葉ひとつで簡単に心が揺らいでしまう。病や傷で、あっけなく死んでしまう」

霖は掴まれた右手で彼女の手を握り返すと、そっと己の着物の袂《たもと》にしまった。

「だが、人の子の魂は自由だ。有限であるがゆえに、無限の可能性を秘めている」

いつの間にか止まってしまっていた歩みを再び踏み出し、静かに微笑んでみせる。

「ゆえに――愛しい」

《ひとたび嘶《いなな》けば雷雨を呼び、荒ぶる怒濤《どとう》でいくつもの人里を水の底に沈めた蛇の王。習性は残虐で、乙女を喰らい、血と酒を好む》

　邪悪の化身であった彼はかつて、望まれるままに破壊の限りを尽くし、そのたびに首を刎《は》ねられては封じられた。そして束の間の眠りの後に、また邪《よこしま》な者に起こされて。

　呆れるほど何度もくり返された人の業。

　彼は疲れていた。定められた自身の在りかたに。

　彼は望んでいた。己の魂すら変えてしまう何かを。

「玲奈」

名を呼ばれ、半歩先んじていた玲奈が振り返る。夕焼けの逆光の中で、黒い影となった霖の真紅の瞳が彼女を捉えた。

「我が名を呼んでくれ」

そのせつなげな声音は、哀願にも似ていた。

《だから人は古来より、畏怖を込めてきみをこう呼んできた。すなわち真名《まな》――》

「……霖？」

突然の要求に、玲奈が戸惑いがちにその名を呼ぶ。

すると彼は、袂《たもと》の中の彼女の手を引き、細い身体を己の胸の中へと閉じ込めた。

「もっと呼べ」

「霖」

「もっと」

「霖」

「……もっと」

懇願する男の腕の中で、玲奈が笑った。

「りん。あなたは、霖だよ」

霖は優しく、真紅の瞳を細める。

そうして、ゆっくりと、万感の思いで愛しい女の名を呼んだ。

「応とも。玲奈。甘露の君。――我が妹《いも》よ」

抱きしめた腕の中でふたつの影は重なって、朱《あけ》に染まった帰り道に長い一本線を落とした。

「もー、芋じゃないって言ってるでしょ！」

玲奈が笑いながら答えれば、彼女のお団子頭を自分の胸に押し込んで、もう一度掻き抱く。唇で想いを伝える代わりに、彼女の左の耳朶を食んで。

いつの間にか男の足元で影は八ツ又に広がって、己が定めた半身を決して離さぬように絡みついた。


【妹】いも。あなた。

妻や愛する女を指すことば。

五章　ホワイトメリークリスマス

今日はクリスマスイヴ。多くの子供、恋人達が待ち焦がれていた日だ。

街は華やかなイルミネーションに彩られ、あちらこちらから聞こえるクリスマスソングに心は弾む。忙しなく行き交う人々の足取りも、心なしか軽やかだ。

『今年のクリスマスケーキは自信作！　早くみんなで食べたいな』

『左鬼が鶏の丸焼きを焼いてくれるって。楽しみだね！』

七弦のスマートフォンに届く玲奈からのメッセージは、数日前からずっとこんな調子だ。今日も仕事の合間に着々と進むパーティーの準備報告が入るたび、師走《しわす》の激務にささくれ立った七弦の心は綻んだ。

家族のいない玲奈にとって、大勢で賑やかに食卓を囲むクリスマスの風景は憧れそのもの。そんな彼女が描くしあわせの景色の中に、自分が自然と存在していることが七弦を高揚させた。

もちろん、ふたりっきりで過ごせたらなおよかったけれど……

ふと、古めかしい式盤から目を離しオフィスの時計を見上げる。

現在、夕方五時過ぎである。永田町の四角四面の窓から見える空はすっかり暗かった。定時になり次第爆速で退勤してやる、と七弦が決意を新たにしたその時。

「やあ。東京本部の皆さん、お勤めご苦労さま」

その秘匿性から滅多に人が訪れることのない陰陽局に、突如として来客の報せが入った。

「……兄貴？」

上司達が一斉に入り口に向かって頭を下げる。悠然とそこに立つのは、安倍晴明に連なる一族を束ねる陰陽頭にして内閣府陰陽局京都支部長――七弦の兄・土御門梓弦だった。

七弦と同じ亜麻《あま》色の髪に、上品だが気取ったところのないダークネイビーのスーツ。柔和な笑みを湛えるその背後に、部下である十人以上の陰陽師を従えている。

「わざわざ京都から、何しに来たんだ」

京都支部の連中が総出で東京へ乗り込んでくるなど尋常ではない。

不穏な空気を感じ取り、七弦は静かに席を立つ。視線を外さず向かい合うと、入口に佇む兄は口元の笑みを絶やすことなく告げた。

「決まってるだろう。『大蛇退治』だ」

「な……！」

「出雲《いずも》から這い出た例のやつの潜伏場所につき、有志から通報をいただいてね。封印術式を組み上げるのに少し時間がかかってしまったけれど、ようやくすべての準備が整った」

驚く七弦の前まで歩み寄って、梓弦は式盤の載るデスクの上にぽんと一枚の紙を置いた。

「東京本部所属の幸徳井七弦。きみは三ヶ月減給十分の一の懲戒処分だ。理由は――わかるね？」

「……」

七弦は無言で口を引き結んだ。

七弦が処分を受ける理由はひとつしかない。

彼は霖――つまり陰陽局が探していた太古の怪物・高志之八俣遠呂智《こしのやまたのおろち》の居場所を把握しながら、長らくそれを報告せずにいたのだ。

それもこれも、すべては玲奈のため。すでに彼女の日常の一部となってしまった霖を、残酷な形で引き剥がすことを気が咎めたから。

《できるだけ早く、玲奈の前からいなくなってくれないか。きみはいずれ、陰陽局の手で封じられるだろう。その姿を玲奈に見せたくない。玲奈はきみが……いや、きみじゃなくとも、誰かが目の前で消えたら悲しむから》

今から一月ほど前、霖に突きつけた言葉を思い出す。

避けられない別れなら、霖が自らの意思で玲奈の前を去るのが最善だと思った。だからあえて、辛辣な言葉を選んで彼にぶつけた。

だが――すでに七弦以外の誰かが、霖の存在を陰陽局に密告していたのだ。

「さあ、久々の大捕物《おおとりもの》だ。気を引きしめてかからないとね」

梓弦は入り口に立っている京都支部の面々の方へ振り返ると、声も高らかに両手を打ち鳴らした。邪神《じゃしん》との対決を控え静かに士気を高める精鋭達を前に、七弦は拳を握る。

「一日、待ってもらうわけにはいかないか……？」

無理な願いだとはわかっている。だが言わないわけにはいかなかった。

絞り出すような弟の声に、兄はきょとんと首を傾げる。

「どうして？」

「……玲奈が……。今日をずっと、楽しみにしていたから」

《クリスマスイヴに、みんなでパーティーをしよう。右鬼と左鬼、霖も一緒に》

玲奈の笑顔を曇らせたくない。

玲奈の願いを叶えてやりたい。

邪神《じゃしん》と人間、いずれ分かたれる運命だとしても、今日この日だけは。

「七弦。やはりきみはあの怪物に肩入れしているみたいだね」

梓弦の顔から笑みが消えた。薄氷色の瞳を凍らせて、ハァ、と深く嘆息する。

「せっかく念入りに準備をしてきたのに、邪魔をされたらたまらない。――悪いけどしばらく拘束させてもらうよ」

次の瞬間、七弦は何かに足を取られて床に転がった。

梓弦の後ろに控える陰陽師達の術が身体の自由を奪ったのだ。霊力の鎖が生き物のように巻きついて、七弦の四肢と胴体を締め上げる。

「クソ！　あああぁ！」

いくら七弦が優秀な陰陽師といえど相手も手練《てだ》れ。多勢に無勢だった。

七弦は芋虫のごとく床を這いつくばりながらも、拘束された後ろ手で印を組もうとする。だが動けばその分だけ、鎖はぎちぎちと容赦なく身体に食い込んだ。

「これ、少し借りるね」

梓弦はゆったりした動作で床に片膝をつくと、七弦のスーツの胸ポケットからスマートフォンを抜き取る。

兄がそれを使って何をしようとしているのかを瞬時に察し、七弦の顔面は蒼白になった。

「やめ……ろ。玲奈を、巻き込むな」

声帯を縛られているので上手く声が出ない。代わりに思い切り睨みつけると、見下ろす兄は心外だ、と言わんばかりに肩を竦めた。

「僕にとっても玲奈ちゃんは幼馴染だよ？　危険な目に遭わせるわけがないだろ。――少し、協力してもらうだけさ」

全身で抗議するが無駄な足掻きだった。明かりの消されたオフィスに、動けない七弦だけが残された。

◇◇◇

「ありがとうございました。よいクリスマスを！」

間もなく夜七時になろうとしていた。

カフェ9-Letters《ナインレターズ》の玄関で、玲奈は本日最後の客を見送っていた。

飛び石の道の真ん中で振り返り、ぺこりとこちらに礼を返すのはスーツ姿のサラリーマン。その右手には、四角いケーキ箱が提げられている。

「ふふっ。クリスマスケーキも無事渡し終えたし、今日は一日がんばったかいがあったな」

ごりごりと凝り固まった肩を回した玲奈は、笑顔であくびを噛み殺した。

昨夜から玲奈は少々忙しかった。いつものカフェのメニューに加え、特別販売のクリスマスケーキを仕上げていたのだ。

実は十二月に入ってから9-Letters《ナインレターズ》の店頭でクリスマスケーキの受注をしたところ、かなりの数の予約が入った。あまり数多くはこなせないから……とひっそりとしか宣伝していなかったにもかかわらず、うれしい誤算だった。

たった今、小さめ四号サイズのホールケーキを受け取りに来ていたサラリーマンは遥香の夫だ。

遥香はあの日以来二度ほど、「今日はパパが幸翔を見てくれているんです」と言って、ケーキを食べに来てくれた。ノンカフェインのデカフェコーヒーをメニューに加わえたこともあり、喜んでくれている。

「今夜は遥香さんと旦那さんと幸翔くんの三人、家族水入らずでパーティーをするのかな」

自分の作ったケーキを食卓で囲む人々の笑顔を想像して、玲奈は充実した表情で電飾モールの輝く庭のクリスマスツリーを見上げた。

今日はこの後、待ちに待ったクリスマスパーティーがある。

枕返しが店頭の立て看板を畳んでくれているのを確認して、店内へ踵《きびす》を返した玲奈はすぐさまキッチンを覗き込む。

「ねえねえ、鶏の丸焼きはもうできた？」

「お嬢、それ聞くの今日何回目だ？　ガキじゃねーんだからよ」

「だって楽しみなんだもん！」

オーブンの前に立つ左鬼に呆れた調子でツッコまれて、ケラケラと無邪気に笑った。

絵本やアニメに描かれるクリスマスの風景ではお馴染みの、丸ごと一羽のローストチキン。昔、父に「食べてみたい」とねだったら「ふたりでは食べ切れないから、玲奈が大きくなったらね」と言われて、その約束は果たされることのないまま父は亡くなってしまった。

だから長らく、あのチキンは玲奈にとっては手の届かない憧れで、いわば家族の象徴だったのだ。

玲奈のポケットの中で、ポコンとメッセージの着信を知らせる通知音が鳴った。七弦からの受信の時だけ音が違うので、すぐにわかるようになっている。

『おつかれさま。今から吉祥寺駅の方まで出てきてもらえないかな？　ふたりだけで話したいことがあるんだ』

「……？　どうしたんだろ」

ふたりだけで話したいこととはなんなのだろう。七弦のメッセージはいつもストレートに用件を伝えてくるので、要領を得ない文面に玲奈は首を傾げた。

「右鬼、左鬼。私、駅まで七弦を迎えに行ってくる！　店を閉めたらパーティーの支度、よろしくね！」

いずれにしても、早く会いたかった。ダッフルコートを取りに一度部屋へ戻ると、玲奈は急ぎ夜の住宅街に駆け出す。

あわただしく玄関の引き戸が閉まる音から一拍置いて、いつものように玲奈の隣の部屋で寝転がってテレビを観ていた霖がむくりと起き上がった。

「――馬鹿者が。それは小童《こわっぱ》ではないわ」

◇◇◇

一方その頃。

陰陽局本部を飛び出した七弦は、口の端についた血をスーツの袖で雑に拭った。

「クッソ……兄貴のやつ、後で絶対一発ぶん殴ってやる……」

複数の陰陽師が同時に放った捕縛の術により、為す術なく床に転がされてしまった七弦。梓弦達が去った後、動かない手足の代わりに唇を噛み切り、そこから流れた血で床に術式を描くという執念で霊力の鎖を断ち切っていた。

締めつけられていた手足はまだ痛むが、気にかけている余裕はない。鎖は縛られた者の霊力を遮断する効果があったらしく、東京全域に展開していたはずの式神《カササギ》はすべてただの紙切れに戻ってしまっていた。

スマートフォンも取り上げられたため、玲奈の近況を追えない。まだ何事も起きていないことを信じて、一旦はカフェ 9-Letters《ナインレターズ》へ向かうしかなかった。

通勤に使っているバイクに跨がり、一路吉祥寺を目指す。ハンドルを握る手がじっとりと嫌な汗を掻いていた。

「……七弦殿？」

「お嬢と一緒に帰ってきたんじゃなかったのかよ」

単身店に乗り込むと、双子が揃って目を丸くした。すでに玲奈と入れ違いになっていると知って、七弦は思わず屋敷の柱に拳を打ちつける。

「っ、何のんきなこと言ってんだよ！　霖のことを陰陽局に密告したのはあんた達だな⁉」

ドリンクカウンターの中でカップを片付けていた右鬼は、平然と「ええそうです」と答えた。

「あの蛇はあまりに玲奈さまに近付きすぎた。玲奈さまの御身の平穏を守るためには仕方のないことです」

「あいつがただのあやかしじゃないことは俺達もわかってた。だから現代のルールに則って陰陽局《おまえら》に処断を任せて……って、おい。まさか……!」

そこまで言って、ようやく双子の顔色が変わる。七弦は神妙な顔で頷いた。

「ああ。陰陽局は今夜封印を決行するつもりだ。玲奈は霖を誘い出すエサにされたんだよ!」

聞くや否や、左鬼はどがぁん! と目の前のスチール製のゴミ箱を蹴り上げてへし折った。

「お嬢はこの件に一切関わらせない。それが俺達が情報提供してやった条件だったはずだ!」

「安倍の一族、この期に及んで我らを謀《たばか》るなど……」

右鬼は声を荒らげはしなかったが、静かな怒りは足元に薄氷を生み、周囲の床が凍りつく。

「文句は後で聞く! 玲奈がここを出て行ったのは何時頃? どこへ行くって言ってた⁉」

「なぜ我らを裏切った安倍の一族である貴方に、それを教えなければならないのですか?」

右鬼の冷ややかな声が氷柱《つらら》のように喉元に突きつけられた。

七弦は今回の兄の計画を知らされていなかった。

だが右鬼と左鬼にとっては七弦も梓弦もどちらも同じ陰陽局の人間であり、過去に芦屋道満を陥れた安倍晴明の子孫である。

「安倍の野郎共を信じたのが間違いだった。こうなりゃ俺達ふたりが直接引導くれてやるよ。……全員まとめてぶち殺す」

左鬼の赤髪が怒りで陽炎のように揺らぐ。この双子が本気で怒ったら、恐らく七弦ひとりでは止めることができない。

「あんた達が出て行ったら本当に殺し合いになりかねないだろ！　いいか、玲奈は必ず僕が連れて帰る。だからあんた達は、クリスマスパーティーの準備をしてここで待っててくれ」

「安倍の眷属《けんぞく》であるお前を信じろと？」

「僕は幸徳井七弦。それ以上でもそれ以下でもない！　僕が玲奈を傷付けるようなことが、これまで一度だってあったか？」

右鬼と左鬼は鋭い眼光で七弦を睨んだ。途端に炎と水、相反するふたつの気が渦巻き、重い霊圧となって襲いかかる。

古木の床が軋む。備えつけのカップボードが震える。七弦はそれを黙って受け止め、怯むことなくまっすぐふたりを見返した。

数十秒の目に見えない霊気の攻防。その末に――ようやく双子は七弦を認めた。

「……わかりました。七弦殿、貴方を信じましょう」

「お嬢は今から十五分ほど前、駅にお前を迎えに行くと言って店を出た」

「この屋敷の近く、吉祥寺駅方面で大規模な封印術式を行使するのに適した場所……」

ふたりから情報を得て、七弦は脳内で素早く思考を組み立てる。

そして導き出した答えは。

「……武蔵野八幡宮か……！」

◇◇◇

七弦の予測は当たっていた。

『武蔵野八幡宮へ来て』

七弦からスマートフォンのメッセージでそう指示されて、玲奈は吉祥寺駅の北にある武蔵野八幡宮の境内へと足を踏み入れていた。

繁華街の只中にありながら、この場所はいつも俗世から切り離されたように静かで、空気が澄んでいる。

だが今夜の八幡宮はそれどころか、まるで深海の底に迷い込んだかのごとく音がなく、暗かった。

「七弦？　いるの？」

辺りを見回すが答えはない。代わりに葉を落とした御神木の欅《けやき》がざわりと揺れた。

「こんばんは、玲奈ちゃん」

聞き慣れない声に呼ばれて振り返る。すると木陰からひとりの男が姿を現していた。

周囲は真っ暗なのに、その男の周囲だけが霊力の淡い光でぼんやりと明るい。

亜麻《あま》色の髪、錫色《すずいろ》の瞳、ダークネイビーのスーツ。整った顔立ちの男だった。

「久しぶりだね。十二年ぶりかな」

「だっ、誰……？」

「ええっ、さすがに傷付くなぁ……。きみのお父さんが存命だったら、僕ときみは結婚していたかもしれないのに」

玲奈が目をぱちくりさせると、男は柔和に微笑んだ。

「土御門梓弦です、と名乗ればわかってもらえるかな」

「あっ……！　もしかして七弦のお兄さん⁉」

「正解」

ようやく思い出してもらえた、と梓弦は苦笑する。突然現れたもうひとりの幼馴染に、玲奈は混乱しきりだった。

「えっと、梓弦さんは京都に住んでるんじゃなかったでしたっけ？　どうしてここに……。あれっ、そもそも私、七弦に呼ばれてここに来たんですけど……」

「ああ、ごめんね。実はきみを呼び出したのは僕なんだ」

梓弦は悪びれもせず、ひょいと片手を上げてみせた。その手に握られているのは、七弦のスマートフォン。

「七弦は？　七弦は一緒じゃないんですか？」

「せっかくだから色々と積もる話もしたかったけど……悪いね。今日きみをここへ呼んだのは、思い出話をするためじゃない」

「え？」

「待っていたよ、邪神《じゃしん》」

梓弦は表情を引きしめて、玲奈の後ろを見た。カラコロと下駄を鳴らし、闇の奥から進み出たのは霖だった。

「名付け主である玲奈ちゃんに執着しているというのは聞いていたけど、あっさりと登場してくれたね」

「これが罠だとぬかすのなら、ずいぶんと侮ってくれたな。この娘を呼び出したのが小童《こわっぱ》ではないことはわかっていた。普段からあやつがこの辺りに遣わせている式神《とり》共が、夕刻以降ぱたりと空から消えたからな」

冷たい冬の風が鳴った。

自分を挟んで向かい合う梓弦と霖。両者に漂う剣呑な空気を感じ取りはしたものの、玲奈は何がどうなっているのかわからず、ふたりの顔を交互に見比べることしかできない。

「へえ。じゃあ当然、今から僕達が何をしようとしているかもわかるね？」

梓弦がくるりと左の手首を返す。するとその手に、銀色の立方体のようなものが乗せられていた。同時に二十人以上のスーツ姿の男達がどこからともなく現れて、玲奈と霖の周囲を取り囲む。

「フン。汝《うぬ》ら人間の身勝手さは太古の昔から何も変わらん。興味本意で我を眠りから叩き起こし、我が力の強大さを知るや、今度は恐れ、封じようとする」

「お前のような怪物は現世《うつしよ》に留まるべきじゃない。お前は誰からも望まれない存在だ」

現世に留まるべきでない。

誰からも望まれない存在。

梓弦の言葉に含まれる悪意の棘に、玲奈は胸騒ぎを覚えた。

「待って梓弦さん！　霖をどうするつもりなの？」

あわてて梓弦の元に駆けていき詰め寄ろうとする。だが彼の近くに立っていた男ふたりが、無言で玲奈の肩を掴んで輪の中から弾き出した。

梓弦は玲奈の問いには答えない。銀の立方体を手のひらに乗せたまま、まっすぐ霖だけを見ている。

「さあ。今ここで、玲奈ちゃんの前で悪辣な本性を顕《あらわ》して僕達と殺《や》り合うか、おとなしく眠りにつくか選んでもらおう。邪神《じゃしん》、高志之八俣遠呂智《こしのやまたのおろち》」

「呪術師《じゅじゅつし》風情が吠えるではないか」

霖の声が低くなった。と同時に、周囲の闇が動いた。

参道の石畳が軋み、地中から漆黒のもやが立ち上る。都会の小さな星すら呑み込んで、分厚い雨雲が空を覆う。

じっと腕を組む霖の背後で、巨大な八ツ又の影が蠢《うごめ》いた。ゆらゆらと地上を見下ろす八つの首に宿るのは、十六の紅い瞳。

「さすがに神話の怪物ともなると、その片鱗だけで霊圧が半端じゃないね……」

ぶるりと武者震いして、梓弦が笑った。敷地の草木が、霖の生み出す闇に魅入られ騒ぎ出す。

「我と殺し合うだと？　思い上がりも甚《はなは》だしい。我がもたらすのは慈悲なき蹂躙《じゅうりん》、一方的な殺戮《さつりく》だ。望みとあらば、ひとり残らず喰ろうてやる」

八本首の闇が咆哮《ほうこう》を上げた。

空気をつんざく音の刃に、霖を囲んで円形に広がった陰陽師達は一斉に戦闘態勢を取り玉砂利を踏みしめる。

「やめてよ霖！」

陰陽師達の背に阻まれ近付けずにいる玲奈が、外側から叫んだ。

すると今にも八方に襲いかかり喰らいつこうとしていた獰猛な首達が、ぴたりと動きを止める。

「霖、もういいよ。気に入らないから壊す、わかり合えないから殺す、そんなことはもう終わりにしよう。このひと達があなたを認めなくても、霖はここにいていいんだよ！」

十六の赤い瞳が玲奈を見た。剥き出しにしていた殺意を引っ込めて、じっとその言葉に耳を傾けている。

「霖、家に帰ろうよ……」

霖は答えない。だが背後にゆらめく八ツ又の首は、母乞う子供のように哀しげに啼《な》いた。

「……驚いた。玲奈ちゃんがつけた名に、それほど強く影響を受けているなんて」

梓弦は驚嘆しつつも臨戦の気配は崩さない。

霖は相変わらず闇の中心で腕を組んだまま、フンとそっぽを向いた。

「名に縛られているわけではない。汝《うぬ》らの首がまだ胴から離れておらぬのは我の慈悲だ。我が妹《いも》の無垢なる魂を俗物の血で汚すのは、我の望むところではない」

「つまり、封印を受け入れるということかい？」

霖はすぐには答えなかった。

不動のまま何かを考え——やがて、静かに目を閉じる。

「……勝手にしろ」

その答えを得るや、梓弦が手の中の立方体を宙に放った。

継ぎ目のない銀色の小箱が、からくり箱のようにカシャンカシャンと分解されて広がって、巨大な五芒星《セーマン》の陣を空中に描き出す。

陰陽師達が一斉に同じ形の印を組み、一糸乱れぬ重たい咒《じゅ》の唱和が始まった。

「お前が封印されていた千年の間に、陰陽道も発展した。大丈夫さ。八つの首を刎《は》ねるまでもなく、スマートに封印してやる」

「待って……何するの？　やめて！　やめてよ‼」

立ち塞がる陰陽師のひとりを玲奈は揺さぶった。だがその身体は石灯籠《いしどうろう》のように重たく、まったく動かない。

「霖を連れていかないで！」

しかし詠唱は止まらない。五芒星《セーマン》は徐々に輝きを強め、ゆっくりと闇夜を照らして回り出す。

玲奈は陰陽師達の間に無理矢理身体をねじ込んで、隙間から腕を伸ばそうとする。

その時、じっと佇みこちらを見つめる霖と目が合った。

「玲奈。甘露の君。――また次の輪廻《りんね》で会おう」

微笑む霖の声が、身体が、五芒星《セーマン》の生み出す光に呑み込まれてゆく。

(行かないで、霖が消えてしまう――!)

鮮烈な輝きに逆らい叫ぼうとした時。

「っ、……からだが、あつい……?」

突然、玲奈はがくりとその場に膝をついた。

急に背中が熱を帯びて、身体中の血が疼《うず》き出す。陰陽師達の紡ぐ咒《じゅ》が、足元から這い上がって玲奈に絡みついた。

「あ……なんか、変、身体が、引っ張られる……」

「やめろ！　その術式じゃあ、玲奈まで――!」

遠くから七弦の声がした。

しかしその言葉が届く前に、目も眩むほどの大質量の光が八幡宮全体を覆う。

有無を言わさぬ圧倒的な光の放出、拡散。

やがて銀の小箱が輝きを失い、かつん、と地面に転がった時。

邪神《じゃしん》・高志之八俣遠呂智《こしのやまたのおろち》と――玲奈も一緒に、その場から消えていた。

「玲奈あぁぁ！」

七弦は駆けた。駆けて駆けて、震える手で地に落ちた銀の立方体を掴む。

硬質な音を立てて転がったつや消しの銀の小箱には蓋も継ぎ目もない。玲奈と霖、ふたりがここにいた痕跡は何ひとつ残っていなかった。

「なっ……、なぜ、玲奈ちゃんが巻き込まれた……？」

玲奈の姿がないことに気付いてしばらく呆然としていた梓弦が、動揺した様子で進み出てくる。

「封印術式は完璧だった！　八俣遠呂智《やまたのおろち》だけに反応し、八俣遠呂智《やまたのおろち》だけを封じるために作られた特別な術式のはずだ！」

「玲奈の身体には八俣遠呂智《やまたのおろち》のかけら……天叢雲剣《あめのむらくものつるぎ》が宿っている。それが反応したんだ」

「なんだって？」

梓弦の目が驚愕に見開かれる。しかし七弦はそれ以上を説明してやる気はなかった。

兄の顔を見たら殴ってやるつもりだった。だが今、そんな衝動はとうに消え失せていた。自分でも不思議なほど妙に冷静で、心は冷え切り、嵐の後のように凪いでいる。

七弦は黙って小箱を石畳の地面に叩きつけた。何度も何度も叩きつけて、物理的に封印を壊そうとする。

しかし小箱の表面は鈍い夜の光を映すのみで、傷すらつかない。

「それなら……」

七弦は参道の真ん中に小箱を置くと、ガリ、と自分の右親指を噛み切った。そのまま躊躇なく、小箱の周囲の地面に血で術式を描き始める。

「……無理だ。封印を壊すことは不可能だ。そういう風に作ったのだから。仮にそれができたとして……玲奈ちゃんひとりを救うために、あの怪物を世に解き放つことは――」

「この世に玲奈より大事なものなんて存在しない！」

はじめて声を荒らげる。だが怒ったところで玲奈は帰ってこない。すべてが虚しかった。

「壊せないなら……喚んでもらうしかない」

外側から壊せない封印なら、中にいる者に招き入れてもらうしかない。

七弦は描きかけの術式を変えた。封印を砕くものではなく、封印の中へ自分の声を届けるためのものへ。

「封印の中へ行くつもり？　帰ってこられなくなるぞ？　だいたい、どうやって中に閉じ込められた人間に声を届けるつもりなんだ！」

「僕と玲奈には絆がある。僕と玲奈の間には、カササギの架けた橋が繋がっている！」

七弦は印を結んだ。迷いのない錫色《すずいろ》の瞳に、霊力の光が宿る。

光はやがて全身に巡り、身体全体が青白い光を放つ。揺らぐ光は輝きを増し、形を変えた。

無数の翼ある鳥――かつて玲奈が七弦に託した、折り鶴《カササギ》の姿に。

「玲奈。僕の声を聞いてくれ」

静かに、けれど力強く呼びかける。小箱を囲むように描かれた血の轍が、七弦の想いを映して一層激しく輝いた。

玲奈。僕の名前を呼んで、僕を求めてくれ。

きみが必要としてくれるなら、僕はどこへだって飛んでゆく。

玲奈、玲奈、玲奈――!

◇◇◇

玲奈が目を覚ますと、そこは粗末なあばら屋だった。

(あれ？　ここ、どこ……？)

隙間だらけの茅葺《かやぶ》き屋根から露が落ち、玲奈を濡らす。

冷たい、という感覚はある。だがなぜか口は聞けず、動くこともできない。

「櫛名田比売《くしなだひめ》」

聞いたことのない名で、誰かが玲奈を呼んだ。

声の主は逞しい男だった。

どうやら自分はこの男とふたり、しっかり密着してどこかの小屋の中にいるらしい。

逆光で顔はよく見えないが、息を潜める彼の鼓動がすぐ近くで伝わってくる。

男が様子を窺うように小屋の外を見れば、玲奈の視界もそちらへ動いた。

崩れかけた小屋の外に、酒や膳、宴の馳走がひっくり返って散乱している。

その中に山のように――いや、山よりも大きな八つ首、八つ尾の怪物が倒れているではないか。

死んでいるのかと訝しんだが、どうやら寝ているらしい。それの呼吸に合わせて巨大な体が上下し、白銀の鱗がてらり、てらりと不気味に輝いた。

――なんと禍々しい。

あまりに大きく、あまりに凶悪なその存在に玲奈は恐れおののいた。すると男の手が、あやすように玲奈に触れる。

「ご案じなさるな。あれなる邪悪な蛇は、必ずや吾《あ》がこの十拳剣《とつかのつるぎ》にて引き裂いてご覧に入れましょう」

そう言って、右手に握った神々しい長剣を眼前にかざしてみせた。

すると途端に、玲奈の中にあるはずのない他人の記憶が流れ込む。

――そうだ。かつて自分には美しい七人の姉がいた。

だが皆、この慈悲なき化け物に喰われてしまった。それどころか一族が祈り育んだ大地の実りも、すべてこの大蛇が操る怒涛に押し流され、失われてしまったのだ。

憎むべき邪神《じゃしん》。恐ろしい化け物。それが今、目の前で無防備に寝息を立てている。

今なら自分の手で、姉達のかたきを討つことができる……！

動けないはずの玲奈はぶるりと身震いした。

――さあ早く。

早くこの化け物を殺さないと。

八つの首を残らず刎《は》ねて姉達の墓前に供えなければ、死者の魂は浮かばれない！

自分の中の誰かが、早く早くと急き立てる。

怒りに支配されかけた玲奈の頭の中に、違う声が流れ込んできた。

《――……ナ。……ガ……シイ》

ひどく懐かしい感じがしたが、雑音のようなものに阻まれてよく聞こえない。

玲奈が気を取られている間に、男が颯爽と小屋を飛び出した。

眠る大蛇の前に勇ましく躍り出て、大きく剣を振り上げる。

するとこれまで閉じられていた大蛇の八対の瞳が一斉に見開かれ、真っ赤に燃えてこちらを見た。

（あれっ、ちょっと待って。この蛇って――）

その目に見覚えがあった。しかしあっという間に男と大蛇は肉薄し、刃は玲奈の視界を遮り、閃く。

「だめ、やめてぇぇーーっ！」

気付けば玲奈は叫んでいた。

しかしその悲鳴が届くことはなく、剣は巨大な蛇の頭を易々と刎《は》ね飛ばし――すぐに視界は暗転した。


しとしと。しとしと。

次に目覚めた時、玲奈はまた別の場所にいた。

三方を御簾《みす》で仕切られた、広い板敷の間。その一番奥の置き畳の上に、ちょこんとひとりで座っている。

外には雨が降っているらしく、しとしと、しとしとともの憂げな雨音が聞こえる。

おそらく昼だと思うのだが、部屋には明かりもないため薄暗い。

玲奈は立ち上がろうとした。しかし身体に重石のようなものが纏わりついていてよろけてしまう。結局元のようにぺたんと座り込んでしまって、それが身につけている着物の重みだと気付いた。

その時。御簾《みす》の外側に、誰かの気配がした。

「お会いしとうございました、甘露の君」

(あれ？　知っている声だ)

聞き慣れた男の声。だがそれが誰だか思い出せない。

玲奈が返事をできずにいると、男はそっと御簾《みす》の外で腰を下ろす。

「我が身の危うさも顧みず、のこのこと昼つ方に現れた愚か者をお許しください。しかしどうしても――雨夜に契った貴女のお顔を一目見たいと、こうしてやって参ったのです」

――中へ入れてはくださいませんか。

甘いささやき、焦がれるような声音。このように優しく私を呼ぶ殿方とは、一体どんなかたなのだろう。

玲奈は――いや、玲奈の中に流れ込んだ誰かの意識が、声の主に心惹かれた。男の姿を一目見たいと思った。

重たい着物を引きずって、玲奈は男の近くまでにじり寄る。下ろされた御簾《みす》越しに、ふたり手と手を重ね合わせた。

すると男は、玲奈にだけ聞こえるように密やかに、一首の和歌を紡ぎだす。

琴《きん》の音《ね》も　届かでうちふる　ながめのみ　纏《まと》へよ吾妹《わがも》が　甘露なる身は

（七本の弦を持つ琴の音色すら届かないほど降り続く霖《ながあめ》のように。愛しい人よ、私への物思いだけをその身に纏っていてほしい）


それは優しくも狂おしい求愛の歌だった。

控えめな抑揚に秘められた激しい熱情。男の思慕を感じ取って、玲奈の中にいる誰かの心は歓喜に震える。

――ああ、もうこれ以上、このかたに惹かれる気持ちを止めることができない。今すぐこの御簾《みす》を取り払い、彼の温もりにひしと抱かれなければ！

胸を灼くような衝動に急かされて、玲奈は床に垂れ下がった御簾《みす》の縁に手をかける。

「さあ、早く御簾《みす》をお上げください。我が愛、我が妹《いも》――甘露の君《れな》」

「止まられよ！」

突如、鋭い声がふたりの逢瀬《おうせ》を阻んだ。驚く玲奈の前に現れたのは、白い狩衣《かりぎぬ》姿の男だった。

「これは邪悪なる者！　妖かしの蜜語を聞き入れてはなりませぬ！」

白衣の男は玲奈を抱いて御簾《みす》の側から引き離すと、外へ向かって呪符《じゅふ》を投げつけた。

光る紙片は御簾《みす》をすり抜け、外の男の身体に突き刺さる。

ギャァアアとおぞましい雄叫びが耳をつんざいた。その咆哮《ほうこう》は風となって、御簾《みす》がはためき持ち上がる。

露わになった男の姿に、玲奈は息を呑んだ。

玲奈に愛の歌をささやいていたのは人間の男ではなく——八つの首を持つ、異形の大蛇だったのだ。

「おのれぇ、呪術師《じゅじゅつし》、許さぬ、許さぬぞ——」

大蛇は血を流して倒れ伏し、白衣の男へ呪詛《じゅそ》を吐いた。

——自分はこんな恐ろしいものに魅入られ、あわや御簾《みす》の内へ招き入れようとしていたというの……！

恐怖におののく玲奈の頭の中に、いつか聞いた声が再び流れ込んだ。

《——レナ。オマエガ、ホシイ》

雑音にまみれ不明瞭だった先ほどとは違い、今度ははっきりと明確に。

玲奈が目を見開くと、血を流す大蛇の鎌首のひとつが持ち上がり、紅い瞳がじっとこちらを見ていた。

（あれ？　この声、この姿、私、彼を知って――）

「……霖？」

不意に、自分が彼につけた名を思い出す。白衣の男の腕の中から、玲奈は血塗れの大蛇に呼びかけた。すると。

世界はガラスのように割れ、粉々になって砕けた。

砕けた世界の先には何もなかった。

ただ塗り込めたような闇がぽっかりと口を開けていた。

白衣の男も重たい衣装も何もかもが消えていて、真っ暗闇に放り出された玲奈はひとり肩をしぼめた。

「なんだか寒い……」

すると何もなかったはずの目の前の空間に、ぼんやりと白い光が浮かび上がる。

「まったく。虚飾の世界でおとなしくしていれば良いものを。こんなところまでのこのこと迷い込みおって……」

玲奈が光と思ったものは、美しく輝く鱗だった。

光は長い尾を引いて、一匹の巨大な白蛇になった。蛇は玲奈を中心に収めて、ゆるゆるとぐろを巻き始める。

「霖……だよね。ここはどこなの？」

すっぽりととぐろの中に抱かれて、玲奈は蛇を見上げた。

「ここは我を封じるための檻。現世《うつしよ》と常世《とこよ》の狭間、自我と非我の境が薄れ混ざり合う場所だ」

ここには星も月もない。玲奈と出会う前の霖はたったひとり、この寂しい場所に閉じ込められ、眠っていたのだろうか。

「何もないね。真っ暗で、音も聞こえない」

「我の精神世界《こころ》が強く反映されておるがゆえな。汝《うぬ》は呪術師《じゆじゆつし》達の封印の術により、我と共にここに封じられた」

「わーお。それは困ったね」

「あまり困っとるように聞こえんな……。言うておくが、もう出られぬぞ」

呆れ声でため息をつかれ、玲奈はへにゃりと笑った。

「あはは、まずい状況なんだろうなって頭ではわかってるんだけど……。どうしてかな。この場所、そんなに嫌いじゃない」

――なんだか落ち着くから。

そう言われて、霖はまんざらでもなさそうに白い牙を覗かせた。

「ハッ。我のもたらす闇を心地好《よ》いと申すか。人の子とは闇を恐れ、光に焦がれるものだろうに。……これも汝《うぬ》が我の一部をその身に宿すがゆえか」

ふたりはしばらく寄り添い合って、無音の闇に耳を澄ませた。

「……さて。汝《うぬ》はもう元の世界へ帰ることは叶わぬ。現世《うつしよ》との繋がりはすでに断たれ、後は座して死を待つのみ」

霖は巻かれた身体をするすると解くと、持ち上げていた頭《こうべ》を垂れ、玲奈の目の前に自らの顔を差し出した。

赤い舌で彼女の耳元を撫で上げて、この上なく甘美な声で告げる。

「そこでだ。……我と取り引きをせぬか？」

「取り引き？」

「左様《さよう》。なぁに、簡単なことだ。――汝《うぬ》の魂を我に寄越せ」

玲奈はしばらく考えるそぶりを見せたが、すぐに我に返る。

「ちょ、ちょっと待って。それ、一方的な搾取って言うんじゃないの？　全然『取り引き』になってないじゃん！」

「……相変わらず妙なところで聡いやつだな」

チッと小さく舌打ちする。そして次の瞬間、白蛇《りん》は威嚇するように天へ伸び上がった。

途端に、彼の白銀の身体は周囲の闇に同調する真っ黒い影になった。影は闇を覆う天蓋となり、何倍も何十倍も大きく膨れ上がる。

影の先は八ツ又に分かれて、炎のように激しく揺らめいた。

「――玲奈。我《おれ》のものになれ」

《――レナ。オマエガホシイ》

いくつにも増えた赤い瞳が、揃って玲奈を見下ろした。

「交合よりもずっと深く、汝《おまえ》を抱いてやる。現世《うつしよ》への未練も悔恨も、我《おれ》が満たし、忘れさせてやる。この狭間の世界で汝《おまえ》が歳を取り、死して朽ちようとも――。汝《おまえ》の美しい魂は、永遠に我《おれ》だけのものだ」

突然、八つの首はフー、と冷たい息を吐きかけた。

玲奈がびっくりして身を竦ませると――その全身が、いつの間にか純白のウェディングドレス姿に変わっている。

驚く玲奈を差し置いて、次に霖はぶるりと闇の巨体を震わせた。するといつかふたりで見た、銀色に光る雪が一面に舞い落ちる。

雪は輝きを失うことなく降り積もり、その下、銀に染まった玲奈の足元からは黄金細工の曼珠沙華《まんじゅしゃげ》の花が乱れ咲く。

「汝《おまえ》の望むものはなんでもくれてやろう。あらゆる美、あらゆる富、あらゆる欲望――もちろん、目の眩むような快楽も」

まばゆくも幻想的な光景に、玲奈は目を奪われた。その隙に、八ツ又の首達が玲奈を覆い、逃さぬようにと眼前に集まってきた。すべてを見透かす赤い瞳がぐるりと玲奈を取り囲み、頭上から早く、早く、と決断を迫る声が降ってくる。

「さあ、玲奈。我《おれ》を求めろ。我《おれ》と契り、我《おれ》に喰らわれ、我《おれ》のものに――」

「ちょっと待って！」

有無を言わせぬ凄みを含んだ邪神《じゃしん》の誘惑を、玲奈は一言でばっさりと断ち切った。

「おい。我の話を最後まで聞かぬか。そもそもこの状況で汝《うぬ》に拒否権はない」

「ねえねえ、ここは現世《うつしょ》と常世《とこよ》の間で、自分と他人の境があやふやになっちゃう場所なんでしょ？」

「ん？　う、うむ」

意外と正確に状況を把握している玲奈に、霖は面食らう。

「この真っ暗闇もウェディングドレスも霖の心が作り出したもので、私はそこに一緒に閉じ込められた」

「そう言うておろうが」

突然こんな闇の中に放り込まれて二度と出られないと言われたら、普通の人間なら絶望で崩れ落ちる。玲奈とて人の子、少し揺さぶってから甘言をささやいてやればすぐにでも飛びついてくると思ったのに——

思う通りにならないいら立ちに、霖はびたん、びたんと八本の尾を白銀の雪に叩きつけた。

「うーん……つまり、ここは霖の心の中であり、私の心の中でもあるんだよね？」

「そうとも言う、かもしれぬな」

「だったらさ！」

花嫁姿の玲奈はAラインのドレスの裾を持ち上げると、ぴょんぴょんと跳ねて頭上の霖にアピールする。

「霖。私とお茶しない？」

「は？」

闇の大蛇の十六の瞳が、一斉に点になった。

「今……なんと？」

「はい決まり！　せっかくのティータイムだからさ、真っ暗闇はやめて空の見えるところにしよう！」

邪神《じゃしん》の困惑をまったく無視して、玲奈は「えいっ」と斜め上方の虚空を指差した。

すると無明の暗闇に、笑ってしまうほど能天気な青空が生まれる。

「一面に芝生が生えてて……あっ、お日さまが暑すぎない木陰があるといいかも。

時々風が吹いて、芝生を撫でる音や鳥の鳴き声が聞こえてきたりしてさ……」

そう言って、ぽんぽんと緑の地面、青々とした葉を茂らせた大樹、風の感触や鳥のさえずりまでをも生み出してしまう。

あっと言う間に世界は明るさに満ちた。玲奈の精神世界が霖の闇を侵食し、上書きしてゆく。

その中で白銀の雪はゆっくりと溶け、霖の咲かせた黄金の曼珠沙華がしゃらしゃらと透き通った音を立てて揺れた。

「あはは！　どう？　なかなかいい感じでしょ？」

玲奈は純白のドレスをなびかせて、仔犬のように芝生の上を駆け回る。そして木漏れ日が注ぐ大樹の陰に、一揃えのクラシカルな椅子と丸テーブルを生み出した。

「どうせなら、食器やカトラリーもこだわっておしゃれなやつにしちゃえばよくない？」

こめかみのあたりをぐりぐりとさすって、玲奈は渾身の洒落たテーブルコーディネートを描き出そうとした。

だが、何度やっても今までのようにすぐに現れない。

「どうして？　出てこない」

「汝《うぬ》の貧困な想像力の限界だな」

いつの間にかいつもの人型になっていた霖が、背後で呆れた調子で腕組みしていた。

「目に馴染みのあるものはおおよそ再現できても、そうでないものを細部まで創り出すのは難しかろうよ」

「くう……！　ここまで！　ここまで出かかってるのに！　霖も手伝ってよ！」

「……ならば汝《うぬ》の思い描くものを、少し覗かせろ」

霖は向かい合う形で、白いロンググローブのはめられた玲奈の両手を取った。

わずかに上向いた玲奈の顔に己の顔を近付けて、こつん、と額同士が触れる。互いに目をつぶって意識を集中させると、風が吹いてクリスタルビジューの散りばめられた玲奈のスカートを膨らませた。

その様はまるで、永遠の愛を誓い合う恋人同士のような。

「もう少しはっきりと念じろ」

「う～ん……。こ、こうかな？」

「柄は。素材は。質感は。具体的に思い浮かべろ」

「うぐ、む、難しい……」

悪戦苦闘の末、かちゃん、とボーンチャイナのティーセットが生み出された音がする。

「やった！」

うれしさからぱっと目を開くと、ほとんど鼻先が触れ合う距離に美しい霖の顔があった。彼の鋭く赤い瞳は、穏やかな形に細められている。

　玲奈はどきりとして、あわてて繋いだ手を振りほどき離れた。

「え、えーと、あと必要なのはもちろんスイーツでしょ。スイーツに必要なのは……キッチン！」

でん！　と、それまでの美しい風景にまるでそぐわないステンレス製のキッチンが現れた。普段から使い慣れているカフェ 9-Letters《ナインレターズ》とそっくり同じものだった。

「わざわざ厨《くりや》を用意しなくとも、でき上がった甘味そのものを生み出せば良いのではないか？」

「わかってないなあ！　スイーツはね、作る工程が大事なの」

　ちっちっち、と人差し指を立てた玲奈は、そこで自身の纏う違和感に気がつく。

「あっ。でも……ドレスのままじゃお菓子は作れないよね」

　改めて自分の全身を確認するようにその場でひと回りすると、オーガンジーに縫い取られたクリスタルビジューが陽の光を浴びて輝いた。その裾をふわりふわりと優雅に持ち上げながら、霖の前まで歩み寄る。

「ねえ霖。このウェディングドレス、『シークレット刑事《デカ》』の最終回でヒロインの浜野南《はまのみなみ》が着てたやつでしょ？　ふたりで観てる時に私が『着てみたいな～』って言ってたの、覚えててくれたの？」

「……知らん」

そっぽを向いた霖が顎をしゃくると、純白のウェディングドレスはいつものまっさらなパティシエ服に変わっていた。

美しいが動きづらいドレスから解放されて、喜び勇んでキッチンへ駆け込んだ玲奈。今度は作業台の上に、ボウルだの泡立て器だのを指差し確認の要領で順番に生み出していく。最後に巨大な業務用冷蔵庫を誕生させ、満足げに振り返る。

「霖！　せっかくだし、霖も一緒にお菓子を作ってみない？」

そんなこんなで、邪神《じゃしん》とパティシエールは青空の下キッチンに並んで立った。

本日のレシピは、甘くほろ苦いガトーショコラ。

「まず、チョコレートを刻んで湯せんします。それに生クリームとバターを加えて――ちゃんと温度計でお湯の温度を確認して、素早く慎重に」

「面倒だ。火にかけて一気に溶かせばよかろう」

「だーめ。チョコレートの乳化《にゅうか》は温度が命なの！　……あっ、もっと優しく混ぜてあげてね。お湯が入っちゃったらチョコレートを用意するところからやり直しだからね！」

「くっ……猪口才《ちょこざい》な……」

始めは文句を言いつつも玲奈の指示に従おうとした霖。

しかしだんだんと飽きてきたのか、細かい作業は性に合わないとばかりに文字通り匙を投げた。

「じゃあ、代わりに霖はメレンゲを泡立ててよ。これを持って、卵白をグワ～ってするの」

「ふん。それしきのこと、造作もない」

玲奈は用意していた泡立て器の代わりに、新たに電動ホイッパーを生み出して霖に与える。だが何事もなくできていたのは最初だけで、結局霖は電動の勢いそのままに盛大にメレンゲを周囲にまき散らした。

「あはは。ありがとう、後は私がやるよ」

頭に白いメレンゲの泡を乗せたまま、霖は不貞腐れてムスッと腕を組む。

「面倒だ。何から何まで面倒だ。汝《うぬ》はこんな苦行を毎日続けておるのか。物好きめ」

完全に拗《す》ねてしまって悪態をつく霖を、玲奈は「まあまあ」とたしなめた。

「言ったでしょ、工程が大事なんだって。――スイーツを作る時はね、食べるひとの笑顔を想像するの。このケーキで、みんながしあわせになりますようにって願いを込めるの」

その時霖は見た。

チョコレートとメレンゲを混ぜ合わせる玲奈の指先に、淡い光が宿るのを。

それは美しく澄んだ彼女の霊力。玲奈が何かを強く願った時にだけ零れ出す、甘露のひとしずく。

彼女の指先が生み出す虹色の輝きに霖が目を奪われていると、玲奈は優しく微笑んでみせる。

「ふふ、忘れちゃったの？　霖が教えてくれたことだよ」

作業の中に込める愛情。

届けたいと願う想い。

それらは霖と過ごした日々の中で、玲奈が改めて気付かされたパティシエールの基本であり極意。

「ほら、おいしそうになってきたでしょ」

空気を含ませるようにさっくり混ぜ合わせると、やがて生地につやが出る。ボウルを傾けて中を見せると、突然、霖は玲奈の右手を掴んだ。

そのまま輝く指先を食み、ついていたチョコレートごと舐め取る。

その一口が彼にもたらしたのは、背筋が痺れるほどの甘い恍惚《こうこつ》。

己が定めた魂の半身、たったひとりの甘露の君。

霖は妖艶に目を細め、うっとりと舌舐めずりをする。

「ああ。美味いな。余さずすべてを喰ろうてやりたいほど――」

「つまみ食いはだめっていつも言ってるでしょ！」

玲奈は空いている左手で、緩みきった顔の邪神《じゃしん》にチョップを食らわせた。

かくて。

光の差さない真っ暗闇だった世界に、甘く香ばしい香りが広がっていた。

ふたりは無事ガトーショコラを焼き上げて、青空の下にセッティングされた丸テーブルに向かい合って座っている。

「いただきます！」

メレンゲの泡立てに失敗したガトーショコラは膨らみかたがイマイチだ。それでもふたりは、このガトーショコラこそが至高の逸品だと頷き合った。

銀のケーキフォークをひび割れた焼き目に突き刺せば、さく、と軽い手応えがある。口に入れた瞬間、ほろほろと崩れる表面部分。噛めばカカオの香ばしさが広がって、舌に残るのは濃厚な甘みの中心部。

その一口一口を、ふたりはじっくりゆっくりと噛みしめた。

「おいしいね」

「ああ」

互いに食べ終えるまで、会話らしい会話はなかった。この世界には霖と玲奈しかおらず、髪で遊び頬を撫でる風は優しくて。ただそれだけでふたりは満たされた。

「ねえ、霖。さっきの話なんだけど」

おかわりの二切れ目までを綺麗に食べ終えて。

美しい蔓薔薇が描かれたボーンチャイナのカップをソーサーに戻し、玲奈はふと漏らした。

「なんの話だ」

「私の魂を寄越せっていう話」

どうせその話題は有耶無耶にされるのだろう思っていた霖は驚く。玲奈は「ゆっくり考えたかっただけで、無視したわけじゃないよ」と微笑んだ。

「やっぱり、魂はあげられない。霖は私になんでもくれるって言ったけど――。私の欲しいものは、ここにはないから」

パティシエール・芦屋玲奈の欲しいもの。それは、たくさんの人々の笑顔。

だからこの世界で霖が生み出すどれほど美しいものも、玲奈の望みを満たすものにはなり得ないのだ。

霖は何も答えなかった。

今は玲奈の意識が強く反映されているとはいえ、元はここは彼の精神世界である。その気になれば玲奈を閉じ込めて、この世界を彼女のためだけの鳥籠《とりかご》にすることだってできる。

けれど、すでに霖にその気はなかった。

青空の下、梢の合間から零れる光を受けて笑う目の前の玲奈。

その笑顔こそが、真に美しいと思ったから。

霖が黙って玲奈を見ていると、彼女の愛らしい唇は「ねえ、霖」と言葉の続きを紡ぎ出す。

「私ね、考えたの。どうして私は霖と一緒にここに喚ばれたんだろうって」

「それは、汝《うぬ》の身体に宿る我の尾の一部が反応して――」

それもそうなんだけどさ、と玲奈はカップの水面に瞬きを落とす。

「霖は、私の魂を綺麗だって言ってくれたよね。でも本当は全然そんなことなくて、私だって真っ黒で、汚くて、ずるくて卑しいものをいっぱい持ってるの。霖の世界が真っ暗闇だったみたいに――私の中にも、闇はあるから」

上向きのまつ毛を伏せ、玲奈はそっと胸に手を当てた。

「霖。私とあなたはたぶん似てる。あなたの作り出した闇を心地よいと思ったのは、私の心にも光の差さない部分があるから。だから……霖が私を必要としてくれたように、私も霖が欲しかったのかもしれない」

「芋子……」

そこで一旦、話は途切れた。沈黙を洗い流す風が吹き、草木がそよいだ。

すぐ向かいで揺れる玲奈の髪に、霖は手を伸ばそうとする。

だがその時、どこからともなく小さな光の塊が現れた。光は輝きの鱗粉を振りまいて、玲奈の周りを旋回する。

「……この光……七弦だ……！」

光の輪郭は折り鶴《カササギ》の姿をしていた。

玲奈はあわてて立ち上がると、迷うことなく木陰から青空の下へと躍り出る。

「七弦ー！　私はここだよ！」

現世《うつしよ》にいるはずの七弦に届くように。

空いっぱいに手を振って、何度も彼の名を呼んだ。すると、玲奈の周りを飛んでいた折り鶴の光が線となって彼方に延び、青空にまばゆい橋を架ける。

玲奈の呼びかけに応えるように、折り鶴は一羽、二羽と次第に増え、そのすべてが空を繋ぐ光の橋となり――やがて弾けて、降り注ぐ。

「――玲奈！」

爆ぜた光の中心に、七弦がいた。

七弦は現れるや否や、光の残滓が消え去るよりも早く。

しっかり玲奈を捕まえて、その身に閉じ込め掻き抱く。

「玲奈、玲奈……！」

まるで五感すべてで玲奈の存在を確かめるかのように。痛いくらいの力強さで頭を胸元にしまい込んで、頭頂部に鼻面をぐりぐりと押しつけてくる。

「玲奈、ああよかった。生きた心地がしなかったよ……」

「七弦なら、きっと来てくれるって思ってた」

「きみが僕を喚んでくれたから、応えることができたんだ」

しばらくされるがままになっていた玲奈だが、さすがに呼吸困難なほど抱きしめる力が強くなるとやんわり背中を叩いてギブアップする。

「フン。我が領域に土足で踏み込みおって」

無事を確かめ合うふたりから少し離れて、霖は木陰の下に立っていた。

「どうせ帰る見込みもなく無策で飛び込んできたのだろう。蛮勇《ばんゆう》なぞ糞の役にも立たん」

「えっ、そうなの⁉」

驚いて、思わず七弦の顔を見上げた。

彼は玲奈のために、リスクを承知で単身狭間の世界へ乗り込んできたのだ。

七弦はしばらく難しい顔をして黙っていたが、やがて霖の前に進み出るとまっすぐ背を折り、頭を下げる。

「霖、お願いだ。力を貸してほしい。ほんの少し結界に傷をつけるだけでいい。僕ときみが力を合わせれば、脱出の糸口が掴めるはずなんだ」

「断る」

にべもなく切り捨てて、くるりと背を向けた。

「芋子は永遠にここにおれば良い。汝《うぬ》はそこらで野垂れ死ね」

「そんなこと言わずに、協力してみんなで一緒に帰ろうよ」

背中越しに吐き捨てる霖に、玲奈は取りすがろうとした。

だが、七弦は首を左右に振る。

「玲奈……。たぶん、それはできない」

「どうして？」

なぜなのかを理解できない玲奈に、七弦はぽつぽつと言葉を選ぶ。

「僕ときみは人間だ。現世《うつしよ》に肉体を持ち、現世《うつしよ》に縁《よすが》を——つまり、帰るための目印みたいなものを持っている。でも、霖はそうじゃない。それに、霖はすごく大きいから、少し結界に傷をつけたくらいでは結界の裂け目を通れないんだ。言うなればこの空間、この世界が丸ごと霖だから」

「つまり、霖はここから出られないってこと？　でも……それじゃあ私達がここからいなくなったら、霖はこの先ずっとここでひとりぼっちなの？」

七弦は小さく頷き返すだけだった。

一度目は須佐之男命《すさのおのみこと》に。その後も目覚めるたびに封じられ、霖は気が遠くなるほどの長い刻《とき》をひとり封印の中にいた。

邪神《じゃしん》たる彼が封じられるのは当然だと誰もが疑いなく信じていて、彼の孤独に心を傾ける者はいなかった。

「ふっ、何をしみったれた顔をしておる。それとも我に同情し、魂を寄越す気になったか？」

自嘲めいた笑みで、霖はちらりとだけこちらを見た。玲奈は言葉に詰まってしまって、身体の横で拳を作る。

「……私は……。霖のものには、なれない」

「だろうな」

玲奈の答えをわかっていたのだろう。すぐにぷい、と再び背を向けてしまった。

だが、その冷淡な態度とは裏腹に――緑の芝生に落ちた霖の影が、意思を持って長く伸び、玲奈のパティシエ服の裾を掴んだ。

虚ろな闇から聞こえてくるのは、幼子のごとき無垢な叫び。

イカナイデ。イカナイデ。

ズットズット、側ニイテ。

「ごめんね。魂はあげられない。永遠にここにはいられない。だって私は私自身のもので、現世《うつしよ》でやりたいこと、やり残したことがたくさんあるから。……でも、私……」

うつむけば、細長く伸びた霖の影と丸い玲奈の影がひとつになって、小さな日陰を作り出している。

「霖の居場所になら、なれるかもしれない」

そう言って、玲奈はしゃがんだ。足元にすがりつく霖の影に手を差し出した。戸惑った様子の影は恐る恐るその手に触れ、やがてひし、としがみつくと玲奈の左腕に絡みつく。

霖が驚いて振り返ると、玲奈は立ち上がり、影を纏わせたまままっすぐ霖を見る。そしてすっと、自分の胸に手を置いた。

「霖……。ここに来て。私の心のずっと奥、光の差さない場所に。そうして一緒に現《うつ》世《しょ》の美しいもの、楽しいものをたくさん見に行こう。——そう、約束したでしょ？」

「……どういう意味だ？」

「霖の魂が真っ暗闇なら、私の中にも『闇《りん》』はいる。だから……私達、上手くやれると思うの。どうかな？」

魂を渡すことはできない。だが、魂の同居人にはなれるかもしれない。

自らの闇を受け入れて、そこにほんの少しだけ、誰かの闇を棲まわせることなら。

まるでルームシェアを持ちかけるような気軽さで、玲奈は笑った。

霖は彼女にすがりつく影を無理矢理引っ込めると、そのまましんと地面に叩きつける。

「思い上がるなよ、たかが卑小な人の子が。いくら汝《うぬ》が稀な魂の持ち主であろうと、そのちっぽけな魂の器で我の存在を受け止めることなぞできるわけがなかろう」

邪神《じゃしん》の矜持《プライド》か、はたまた無謀を言い出す玲奈を案じてか。

霖は腕を組んだまま、差し出された手を拒んだ。

しかし、決壊した想いはもう止まらない。

霖の影は足元から膨れてあふれ出し、八ツ又に分かれたかと思うと我も我もと玲奈にすがりついた。玲奈の下半身はあっと言う間に、真っ黒な闇に覆い尽くされてしまう。

それでも玲奈は。

ただまっすぐ霖を見て、微笑みを絶やしはしなかった。

「霖。――おいで」

次の瞬間。影が玲奈を引き寄せた。

ふたりを繋ぐ闇を手繰り寄せて、霖はしかと細い身体を抱きしめる。

「玲奈、我が妹《いも》よ。汝《うぬ》の甘露なる魂――それをどうして、諦めることなぞできようか。我のものにならぬというなら、いっそこの手で千々に砕いてしまいたい」

その抱擁は痛みに似ていた。

ふたりの足元で泥のような影が渦巻いて、這い上がる。

「ああ、だが……。赦《ゆる》し、受け入れることこそが人の愛だと言うならば――」

言葉が消えるより先に、霖が玲奈の左耳に噛みついた。

吐息のかかった耳朶から冷たい何かが流れ込んで、どくん、と大きく玲奈の心臓は跳ねた。ぞわりと心震わす未知の感覚が、四肢の先までを一気に貫き鉄砲水のように駆け抜ける。


――霖が来た。


闇が身体の隅々に行き渡り、肺の中まで流れ込むのがわかった。そのあまりの質量に、玲奈の思考は霞み、視界は明滅する。

苦しい、溺れてしまう――

「玲奈！」

その時、誰かが玲奈の腕を掴んだ。力強く玲奈の意識を引き上げたのは七弦の手。目の前には錫色《すずいろ》の瞳があって、気遣わしげにこちらを見ていた。

「大丈夫か⁉」

「ん……」

わずかなめまいと共に頷き、辺りを見回す。

「霖は？……引っ越し、完了？」

霖の姿はどこにもなかった。代わりに、たしかに彼がここにいるという実感が胸に灯っている。

どこからか呆れたような霖の声がした。

『馬鹿者が。我が丸ごと入り込んだら、汝《うぬ》の身なぞ腑《はらわた》をぶちまけて木っ端微塵に弾け飛ぶわ。汝《うぬ》が取り込んだのは、我のほんの一部にすぎぬ』

「これで、霖も一緒に帰れる？」

『無理だな。だがこれより先は――。汝《うぬ》の一番近くで、汝《うぬ》の見たものを我も見るだろう』

優しい声だった。

この世界で、霖はまた独りになる。けれどそれでもいいのだと、玲奈の中の闇《りん》が告げていた。

『小童《こわっぱ》よ』

七弦がハッとして上空を見た。彼にはこの声が、空から聞こえているらしい。

『力を貸してやる。──剣を抜け』

「わかった。だけど、剣ってまさか……」

『汝《うぬ》ならば我が尾、我が力を顕現《けんげん》できよう。ここは現世《うつしょ》と常世《とこよ》の狭間。想いがすべての標《しるべ》となる場所だ』

七弦は神妙な顔で頷いた。目をつぶり、ブツブツと何かを考える時のしぐさをして。

それから少しかがんで、玲奈の視線に高さを合わせた。

「玲奈。僕を信じて、きみの全部を僕に委ねてほしい」

これから何をしようと言うのか。

玲奈はそれを知らなかったけれど、無言で頷いた。

七弦を──それから霖を、信じているから。

七弦は優しく微笑んで、そっと玲奈の額にキスを落とす。そのまま彼女を頭ごと抱いて、もう一方の手を背に添えた。

一度深く息を吐き、深く吸う。ふたりの鼓動が溶け合う。

呼吸に合わせて閉じられていたまぶたを見開けば、錫色《すずいろ》の瞳は青白く輝き出す。

「朱雀《すざく》・玄武《げんぶ》・白虎《びゃっこ》・勾陣《こうちん》・帝久《ていきゅう》──」

「っ……？」

低く紡がれる七弦の咒《じゅ》。彼の腕の中で玲奈は身悶えた。

熱い。とてつもなく熱い。

身体中の血が沸き立ち逆巻いて、玲奈の背中の一点に、亡き父が埋め込んだ咒具《じゅぐ》のかけらに集まり始める。

「——文王《ぶんおう》・三台《さんたい》・玉女《ぎょくにょ》・青龍《せいりゅう》——」

玲奈は耐えた。震える身体をぎゅっと律し、ただ黙って七弦のスーツの胸元を掴み、その奔流に耐えた。

「害気を攘《じょう》し、悪鬼を逐《はら》い、迅雷滝落《じんらいろうらく》を為し、荒ぶる波濤《はとう》を生む力よ。神威《しんい》の御剣《みつるぎ》、都牟刈《つむがり》の大刀《たち》、集え、顕《あらわ》れ出《いで》よ——！」

玲奈の背で膨大な質量の光が生まれる。七弦はそれを掴むと、華奢な身体から一気に引き抜いた。

玲奈を鞘として生まれたのは神威の光。一振りの輝く刃。

——神剣・天叢雲剣《あめのむらくものつるぎ》。

そして。

抜けるような青空に。冥漠の闇に。

鮮やかな亀裂が入った。

◇◇◇

玲奈の頬を、何かが撫でた。

(冷たい……)

ひんやりとした感覚に目を覚ます。

視界いっぱいに広がるのは真っ暗な空。辺りは夜で、玲奈の頬に落ちたのは天から舞い降る雪だった。

「七弦! 玲奈ちゃん!」

少し離れたところから、走り寄ってくる梓弦の声がする。玲奈は冷え切った地面に手をつき、その場に起き上がった。

「……わたし……」

「帰ってこられたみたいだな」

隣で同様に起き上がる七弦の姿が目に入って、「うん」と頷く。

そこは武蔵野八幡宮の参道の石畳の上だった。

周囲ではちらちらと粉雪が舞っているのに、服も体もほとんど濡れていない。本当に、たった今戻ってきたばかりなのだろう。

「ふたりとも！　本当に無事に戻ってくるなんて……！　すごいな、一体どんな手を――」

「兄貴。あれからどれくらい経ってる？」

再開の喜びを分かち合おうとした梓弦に、七弦はしれっと聞き返す。

帰還するなりあくまでビジネスライクに接する実の弟に、梓弦は苦笑いした。

「まだ数時間だよ」

そう聞かされて、玲奈はぎゅっと胸を締めつけられる気がした。

あの世界で、霖と何日も――もしかしたら何年も一緒に過ごしていたような気すらするのに。

だがあのかけがえのない時間は、現世《うつしよ》ではほんのわずかな時でしかなかったのだ。

（今この胸の痛みも、霖は一緒に感じてくれているの？）

そっと問いかけるが、答えはなかった。

「ちょうど今しがた、日付が変わったところさ」

「そうか……だったら今日は……」

差し出された兄の手を取り、七弦は立ち上がる。少しだけ空を見上げ、今度は自分が隣の玲奈に手を差し出した。

「玲奈。……メリークリスマス」

子供達が寝静まったクリスマスイヴの夜。

東京の一部で降雪があり、数十年ぶりのホワイトクリスマスとなった。

星空を覆い隠す黒い雲。

霖の呼び寄せた雨雲が降らせる白い雪だけが、彼の名残りを教えていた。

終章　吉祥寺あやかしカフェの白蛇さま

ガラガラガラと、サンロードのアーケード街を大きなスーツケースを引いて闊歩《かっぽ》する女。

まだ三月だというのにこんがりと健康的に日焼けしているあたしは、このたびオーストラリアでのワーキングホリデーを終えて帰国したばかりの絶賛無職、畑野《はたの》美優である。

行き先は、ここ吉祥寺で友人が経営する9-Letters《ナインレターズ》というカフェ。

訪れるのは今回で二度目。最初の訪問は、もう一年以上も前になる。日本を発つ少し前のことで、ちょうど新しくオープンした直後のタイミングだった。

吉祥寺という場所はいつ来ても面白くてちょっぴり不思議だ。ピカピカの真新しい商業施設やお洒落なビストロのすぐ脇に、昔ながらのレトロな商店や赤提灯が並んでいる。少し離れれば豊かな自然が広がっていて、ここが新都心のビル街から電車で十分少々だなんてとても信じられない。

9-Letters《ナインレターズ》は駅からすこーし遠い。キャリーを引いてくるにはやや不便な立地ではあるものの、知っていればちょっとしたスイーツ通を気取れる、隠れ家的な店だ。

駅から北上し、五日市街道を越える。閑静な住宅街の只中に、小さな森みたいな一画がある。この雰囲気ある古民家こそ、目的のカフェ 9-Letters《ナインレターズ》だ。

「やっほー玲奈！ 久しぶり！」

「いらっしゃいませ、美優！」

飛び石のアプローチを抜け引き戸の玄関をくぐると、友人の玲奈が待ち構えていた。オージー風にハグで挨拶すると、笑顔で受け入れてくれる。

「大丈夫？ 元気してた？ あのヒモの彼と同棲解消しちゃったって言うから落ち込んでるんじゃね？ って心配してたんだよ～」

「い、いやそういうんじゃなくて、今ちょっと遠いところにいるっていうか」

「あっ、もしかして別れたんじゃなくて定職に就くために出てったの？」

「……まあそんな感じってことにしとく……」

歯切れが悪いところを見るに、あんまり深掘りされたくないっぽい。

まあいいや、今度べろんべろんに酔わせて聞き出すから。

9-Letters《ナインレターズ》のオーナーにして新進気鋭のパティシエール、玲奈は昔からちょっと変わった子だ。どことなく浮世離れしていて、今どき珍しいくらいピュアなやつなのだ。

玲奈はとにかくスイーツに対して愚直なまでに一途で熱い。

「なんとなく楽しそう」というふわふわした理由で高校の製菓科を選んだあたしが、彼女の才能と努力に圧倒されてしまって早々にその道を諦めるくらいには。

「玲奈」

その時、ひとりの男が店内から出てきて親しげに玲奈に声をかけた。

は？　初見のイケメンだ。さらさらの髪は色素が薄くてハーフっぽい。ぴし、と整ったスーツを綺麗に着こなしている、いかにも育ちのよさそうな男だった。

「あっ、七弦。もう帰るの？」

「うん。これから西部の保護区域を回らないといけないから」

――じゃあ、また次の休みに。

そう言って、彼は玲奈の前髪をさらりと撫でつけ。

ねねねねねえ、い、今おでこにキスしませんでした⁉　えっ、見間違い⁉　そんなわけあるかっつーの！

玲奈は照れ笑いするばかりで答えない。イケメンの方は颯爽と去ってしまうし、おかげで酔わせて聞き出さないといけないことが増えてしまった。

こうなったら近々、高校時代の友人を集めて玲奈の恋バナを根掘り葉掘り聞く会を開くっきゃない。

内心で飲み会の算段をしつつスーツケースを玄関の脇に置かせてもらい、約一年ぶりに店内に足を踏み入れる。

格子の内戸を開けて客席を覗くなり、あたしは「あれっ」と声を上げた。

「なんか……思ってたより繁盛してない？」

なかなかの失礼発言だが、正直な感想だった。9-Letters《ナインレターズ》は去年一時的にＳＮＳでバズったりしたこともあったけれど、基本的には開店休業状態の経営ぎりぎり崖っぷち、というのがあたしの認識だったからだ。

ところが、本日の店内は満席とはいかないものの数組で埋まっている。大学生のカップル、買い物袋片手のご婦人、赤ちゃん連れのママ達と、観光客というよりはこの辺の住民が多いっぽい。

「おかげさまで、地元の人達にちょっとずつ認知されてきたみたい」

へー、よかったじゃん、と褒めると玲奈ははにかんで頷いた。

彼女は元々、パティシエールとしての実力はたしかなのだ。だからきっといつか有名になる――と、今のうちに言っておいて後々「ほらね～」とドヤ顔したい。

一番入口に近いテーブル席に座ると、ドリンクカウンターの中にいる玲奈の親戚のお兄さんと目が合った。

あたしのことを覚えていないのか、ちら、と目礼されただけだったけど。相変わらずかっこよくて、あたし達が高校生の時から全然年を取っていないように見える。

何あれ、もしかして不老不死の妖怪？

「じゃあオーナー、この店一番のスペシャリテをお願いしま～す」

メニューを見たけどどれもおいしそうで決められない。ここは通ぶったオーダーでごまかすことにした。スペシャリテとは、シェフのおすすめ、という意味だ。

やがて玲奈が運んできたのは、シンプルなガトーショコラだった。

「お待たせしました、当店のスペシャリテです」

「お？　意外。てっきり、火が出るアレが出てくるのかと思った」

火が出るアレとは、アイスクリームを白いメレンゲで包んだベイクドアラスカのことである。何か月か前に「お皿の上で火を点けて燃やすスイーツ」としてお客さんの動画が拡散されたのをきっかけに、ちょっとした話題になっていた。

「あれは冬の限定メニューだったの。フランベのパフォーマンスするとお客さんも盛り上がるし、話題になるって意味では悪くはなかったんだけど……。やっぱり、一番私らしいものといえばこれかなって」

以前来店した際、一緒に来た友人その一がガトーショコラを食べ、絶賛していたのを覚えている。見た目はあの時と同じ、地味なチョコレートケーキだ。ほんのりひび割れた表面には粉糖がかかり、生クリームとミントが添えられていて――

いや、ひとつだけ以前と違う点がある。生クリームの上に、ちょこんと小さなメレンゲ菓子が乗っていた。

白い棒がぐるぐると渦を巻いた、蚊取り線香のような形をしている。

「これ、前来た時はついてなかったよね」

「うふふ。これはね、私のスイーツのお守り。白蛇がモチーフなの」

なんだか大人っぽい表情で玲奈が笑う。

つまり、この渦巻きは蛇のとぐろということらしい。よく見たらご丁寧に赤い目がついていて、かわいい顔に見えなくもない。

周囲の客席の他のスイーツの皿にも、同じものが飾られていた。

「ほら、白蛇って昔から幸運の象徴っていうでしょ？　だからうちのスイーツを食べてくれたひとが笑顔でしあわせになりますようにって願いを込めて、つけることにしたの」

――初心を忘れないようにっていう、私自身へのメッセージでもあるんだけどね。

と、玲奈は頷いた。

なるほど、やはり彼女はなかなかストイックだ。そういうとこまじリスペクト。

「ふ～ん。いわゆるラッキーチャームってやつね」

四葉のクローバーとか蹄鉄《ていてつ》とか、幸運のモチーフとされるものは世界中にいくつもある。その中からなんで玲奈が白蛇を自分のスイーツの象徴として選んだのか、たぶん理由はあるのだろうけど……ここは聞かないのが吉だろう、と思って黙っておいた。

なんでってそりゃあ、おまじないってのは理屈や仕掛けがわからない方が楽しいっしょ？

あたしは白蛇のメレンゲを指でつまむと、ぱくりと一口で食べた。

「なんか……甘い」

「メレンゲだからもちろん甘いよ」

「ううん、そうじゃなくてさ……、甘いの。優しくて、胸があったかくなる味」

「ほんと？　だったらうれしいな」

「玲奈の幸運のおまじないが効いてんのかもね」

ガラにもなく乙女チックな台詞を吐く自分に苦笑しながら、あたしはガトーショコラを一切れ口に運ぶ。

するとやっぱり、不思議な甘さがじんわりと心をあたためてくれる気がした。

なんでだろう。前から玲奈のスイーツがおいしいのは知ってたけど……

噛みしめるように二口目、三口目と味わって。

「すっごく、おいしい！」

食べ終わる頃には、あたしはこの日一番のご機嫌な笑顔になっていた。

（上手く言えないけど、なんだか本当にラッキーがやってきそうな味がする）

あたしと同じ感想を抱いた客は他にもいたらしい。

いつしか「9-Letters《ナインレターズ》の白蛇のチャームを食べるといいことが起こる」「9-Letters《ナインレターズ》のガトーショコラを贈ると恋が叶う」と噂されるようになるのは、もう少し先のことだ。

◇◇◇

春眠暁《しゅんみんあかつき》を覚えず。

中央通りの桜並木は葉桜に変わり、芦屋家の前庭の躑躅《ツツジ》の花も日に日に落ちて。

とっくに春は終わろうとしていた。

が、いつだって眠いものは眠い。

玲奈はとっくに明るい外の気配をよそに、布団の中で微睡《まどろ》んでいた。

(いいんだ……今日は定休日だから、少しくらいゆっくりしてても。午後は七弦と、話題店の偵察がてら温泉旅行の計画を立てる予定だし)

ごろんと寝返りを打てば、そこには温もりがある。

玲奈はその温もりに肌を寄せ、すりつき、抱きしめて
「相変わらず、もの欲しげな芋だな」

「うん……？」

「まあ良い。この我が、手取り足取り褥《しとね》の所作というものを教えてやる」

そう言って、隣の誰かはぺろりと玲奈の左耳を食んだ。

途端に玲奈は布団を跳ね上げ飛び起きる。

「ぎゃぁぁああ@◆％△☆！　なに⁉　何ごと――っ⁉」

「おん？　魂の半身を前にして、ずいぶんな言い草だな」

どこか懐かしい声だった。ひとり用の和布団にいつの間にか同衾《どうきん》していたのは、黒髪赤眼の――美しすぎる全裸の男。

「りっ、霖⁉　どどどうして、なんで、えっ、どこから湧いてきたの⁉」

「ひとを虫のように言うでない」

それは間違いなく霖だった。

だがなぜ、どうやって。

昨年末の別れから早数ヶ月が経過していた。霖はあれから一度だって呼びかけに答えてくれたことはないし、夢にすら出てきたことがないのに。

しかし玲奈の動揺などどこ吹く風。霖は涅槃仏《ねはんぶつ》のように片肘をついて横たわったまま、我が物顔であくびをする。

「ふむ……以前小童《こわっぱ》が言うておったろう。あちらから現世《うつしよ》へ帰るには縁が必要だと。

我にも縁ができたでな。――ここに」

霖は襟ぐり広めのビッグTシャツから覗く玲奈の胸元を指し、つつぅ、と指で撫で上げた。

「ぎゃ～～～っっ触るな変態！　ていうかまず、服を着て！」

「玲奈さま、どうされましたか？」

「何かあったかお嬢！」

玲奈の叫び声を聞きつけた双子があわてて部屋へ乗り込んでくる。

築八十年の古民家が危うく大乱闘で壊れかけるのは、また別のおはなし。

付喪神《つくもがみ》、
子どもを拾う。
Tsukumo gami picks up a child
1・2
真鳥カノ
Matori Kano
不器用なあやかしと、
拾われた人の子。
美味しい父娘《ふたり》暮らし
店や勤め先を持たず、客先に出向き、求めに応じて食事を提供する流しの料理人・剣《けん》。その正体は、古い包丁があやかしとなった付喪神だった。ある日、剣は道端に倒れていた人間の少女を見つける。その子は痩せこけていて、名前や親について尋ねても、「知らない」と繰り返すのみ。何やら悲しい過去を持つ少女を放っておけず、剣は自分で育てることを決意する――あやかし父さんの美味しくて温かい料理が、少女の傷ついた心を解《ほど》いていく。ちょっぴり不思議な父娘の物語。
●各定価：726円（10%税込）　●Illustration：新井テル子
付喪神、子どもを拾う。2
真鳥カノ
あやかしと人の子。
不思議な父娘が繋ぐ
温かい絆
あやかし父さんのほっこりご飯で、お腹も心も満たします

◉定価：726円（10%税込）　◉ISBN:978-4-434-32478-9　◉Illustration：新井テル子

突然できた妹は、
角&牙がある半妖!?

小学生の時に母を亡くし、父とふたりで暮らしてきた女子高生の杏菜。ところがある日、父親が小さな女の子を連れて帰ってきた。「実はその、この子は、おまえの妹なんだ」「くり子でしゅ。よろちく、おねがい、しましゅっ!」——突然現れた、半分血がつながった妹。しかも妹の頭には銀色の角が二本、口元には小さな牙があって……!?　これはちょっと複雑な事情を抱えた家族の、絆と愛の物語。

◉定価:726円(10%税込)　◉ISBN:978-4-434-32303-4　◉Illustration:鈴木次郎

煌びやかな女の園『月華後宮』。国のはずれにある雲蛍州で薬草姫として人々に慕われている少女・虞凛花は、神託により、妃の一人として月華後宮に入ることに。父帝を廃した冷徹な皇帝・紫曄に嫁ぐ凛花を憐れむ声が聞こえる中、彼女は己の後宮入りの目的を思い胸を弾ませていた。凛花の目的は、皇帝の寵愛を得ることではなく、自らの最大の秘密である虎化の謎を解き明かすこと。
後宮入り早々、その秘密を紫曄に知られてしまい焦る凛花だったが、紫曄は意外なことを言いだして……？
あらゆる秘密が交錯する中華後宮物語、ここに開幕！

◎定価：726円（10％税込み）

●illustration:カズアキ

白蛇の花嫁
しろ卯

われた運命を断ち切ったのは
しく哀しい鬼でした

白蛇の花嫁
しろ卯
呪われた運命を断ち切ったのは
優しく哀しい鬼でした

乱の世。領主の娘として生まれた睡蓮は、戦で瀕死の重傷を負った兄
けるため、白蛇の嫁になると誓う。おかげで兄の命は助かったものの、
蓮は異形の姿となってしまった。そんな睡蓮を家族は疎み、迫害する。
一、睡蓮を変わらず可愛がっている兄は、彼女を心配して狼の妖を護
つけてくれた。狼とひっそりと暮らす睡蓮だが、日照りが続いたある日、
贄に選ばれてしまう。兄と狼に説得されて逃げ出すが、次々と危険な目
遭い、その度に悲しい目をした狼鬼が現れ、彼女を助けてくれて……

価:726円（10%税込み） ISBN 978-4-434-31740-8

Illustration：白谷ゆう

お前は俺の運命の花嫁

時は大正、処は日の本。周囲の人々に災いを呼ぶという噂から『不幸の菫子様』と呼ばれ、家族から虐げられて育った名門伯爵家の長女・菫子《とうこ》。ようやく縁組が定まろうとしていたその矢先、彼女は命の危機にさらされてしまう。そんな彼女を救ったのは、あやしく人間離れした美貌を持つ男——神《か》久《ぐ》月《つき》氷《ひ》桜《おう》だった。

「お前は、俺のものになると了承した。……故に迎えに来た」

どこか懐かしい氷桜の深い愛に戸惑いながらも、菫子は少しずつ心を通わせていき……

これは、幸せを願い続けた孤独な少女が愛を知るまでの物語。

定価:726円(10%税込み)　ISBN 978-4-434-31915-0

Illustration七原しえ

憎渦巻く後宮で
闘派夫婦が手を取り合う!?

国で虐げられ、敵国である湖紅国《ここうこく》に嫁ぐことになった行き遅れ皇女・翠玉《いぎょく》。彼女は敵国へと向かう馬車の中で、自らの運命を思いポツリといていた。翠玉の夫となるのは、湖紅国皇帝の弟であり、禁軍将軍でる男・紅冬隼《こうとうしゅん》。翠玉は、愛されることは望まずとも、夫婦として冬隼と頼関係を築いていきたいと願っていた。そして迎えた対面の日……自役目を全うしようとした翠玉に、冬隼は冷たい一言を放ち——?

ハグ夫婦が織りなす後宮物語、ここに開幕!

:726円（10%税込み）

Illustration：憂

この作品に対する皆様のご意見・ご感想をお待ちしております。

おハガキ・お手紙は以下の宛先にお送りください。

【宛先】

〒150-6008 東京都渋谷区恵比寿 4-20-3 恵比寿ｶﾞｰﾃﾞﾝﾌﾟﾚｲｽﾀﾜｰ 8F
（株）アルファポリス　書籍感想係

メールフォームでのご意見・ご感想は右のＱＲコードから、
あるいは以下のワードで検索をかけてください。

アルファポリス　書籍の感想　検索

ご感想はこちらから

アルファポリス文庫

吉祥寺《きちじょうじ》あやかし甘露絵巻《かんろえまき》　～白蛇《しろへび》さまと恋《こい》するショコラ～

灰ノ木朱風（はいのき しゅふう）

2023年 8月 31日初版発行

編集－加藤美侑・森 順子
編集長－倉持真理
発行者－梶本雄介
発行所－株式会社アルファポリス
〒150-6008東京都渋谷区恵比寿4-20-3 恵比寿ｶﾞｰﾃﾞﾝﾌﾟﾚｲｽﾀﾜｰ8F
TEL 03-6277-1601（営業）　03-6277-1602（編集）
URL https://www.alphapolis.co.jp/
発売元－株式会社星雲社（共同出版社・流通責任出版社）
〒112-0005 東京都文京区水道1-3-30
TEL 03-3868-3275
装丁イラスト－SNC
装丁デザイン－AFTERGLOW
印刷－中央精版印刷株式会社

価格はカバーに表示されてあります。

落丁乱丁の場合はアルファポリスまでご連絡ください。

送料は小社負担でお取り替えします。


ISBN978-4-434-32480-2 C0193